마왕학원의
반역자
4
~인류 최초의 마왕후보,
권속 소녀와
왕좌를 노린다~

앙! 싫어~! 맞아버렸어~
유우가오제 미야비
코이와이 레이나

그럼 간다!
히메가미 리제르

복도에 주저앉아 있는 네이트와 마주쳤다.
빨갛게 물들인 볼과
게슴츠레한 눈빛,
분명 엿봤겠지……
네이트 카르낙

유우토 마음대로 해도 돼……

산노 세이기
내 이름은 산노 세이기,
'저스티스'의 마왕후보다.

씩씩하게 등장! '스트렝스' 리키마루!
산노 리키마루

SERVICE

마왕학원의
반역자
쿠지 마사무네 지음 / kakao 일러스트 / 박정철 옮김

커버 · 컬러내지 · 본문 일러스트
kakao

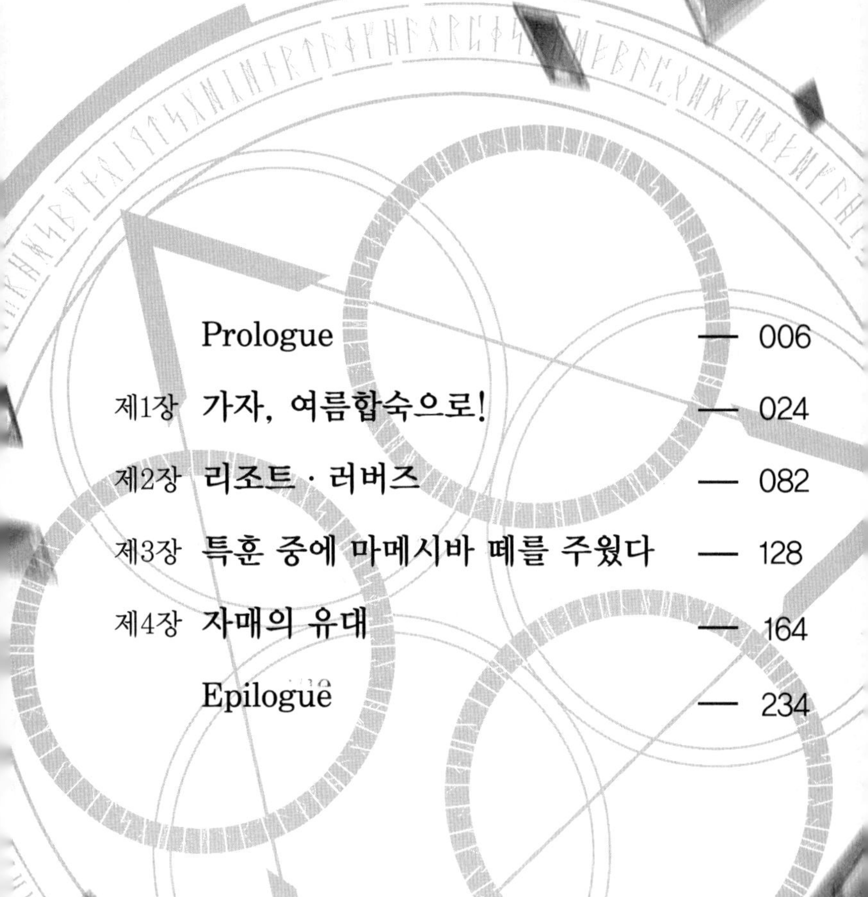

Prologue — 006

제1장 가자, 여름합숙으로! — 024

제2장 리조트 · 러버즈 — 082

제3장 특훈 중에 마메시바 떼를 주웠다 — 128

제4장 자매의 유대 — 164

Epilogue — 234

죠도가하마 로스트

'사신'의 마왕 후보. 다른 마왕 후보를 끌어들여 동맹을 구축하는데 그 의도는 불명. 마왕학원에 안 다니고 있는 듯하다?

하야치네 요타카

'행드맨'의 마왕 후보.
어렸을 때부터 리제르와의 인연이 있다.

산노 리키마루

'스트렝스'의 마왕 후보. 세이기의 쌍둥이 언니.
천진난만. 무슨 일이든 힘으로 해결할 수 있다고 생각한다.

산노 세이기

'저스티스'의 마왕 후보.
리키마루의 쌍둥이 동생. 자신이 믿는 정의를 완고하게 관철한다.

시모카즈마 린네

'휠 · 오브 · 포춘'의 마왕 후보.
자해로 발동하는 '리바이벌'로 약간이지만 시간을 거스른다.

간도 바르바토스

긴세이 학원의 교장 겸 현 마왕.
마계의 절대적인 지배자이지만 평소에는 표표한 아저씨.

아스피테 라인

'월드'의 마왕 후보. 유우토에게 졌다는 트라우마로 틀어박혀 있었지만 최근에 부활.

산사 서머즈

'선'의 마왕 후보.

등장인물소개

모리오카 유우토

'러버즈'의 마왕후보. 인류 최초의 마왕 후보로 선택받았다.
'인피니트 · 러버즈'의 힘으로 다른 마왕 후보와 맞선다.

히메가미 리제르

'러버즈'의 퀸. 유우토를 마왕으로 만들어주겠다고
끌어들인 장본인이며 착실하고 성실한 누님.

유우가오제 미야비

'러버즈'의 프린세스. 날라리 같고 기가 세 보이는 분위기를
내는 것과는 반대로 본성은 성실하고 밀어붙이는데 약하다.

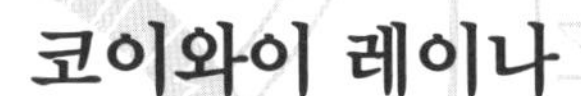

코이와이 레이나

'러버즈'의 나이트. 덜렁이지만 검의 달인.
치유 담당.

호시가오카 스텔라

'스타'의 마왕 후보.
마족이자 현역 인기 아이돌.

네이트 · 카르낙

'채리엇'의 마왕 후보.
금발에 갈색 피부를 가진 소심한 미소녀.

코우마 루키

'저지먼트'의 마왕 후보.
붙임성 있는 낭자애.

Prologue

“나와, 네가…… 마왕학원의 반역자?”

난 눈앞에서 미소를 짓고 있는 남자—— 쵸도가하마 로스트를 바라봤다.

머리에 겉옷의 검은 후드를 뒤집어썼고 그 아래로 빨간 머리카락, 그리고 금빛 눈동자가 엿보였다.

다른 마왕후보와 같은 살기도, 압도당할만한 존재감도, 폭력적인 마력도 없었다.

신기하게도 존재와 기척에 느낌이 없었다.

——하지만,

대체 뭐지? 이 불길한 느낌은.

그것은 아무렇지도 않은 일상이 사실은 죽음과 함께하고 있다는 사실을 깨달았을 때와 같은 전율. 통학로에 차가 달려들거나, 공사 현장에서 머리 위로 낙하물이 떨어지거나, 괴한에게 습격당한다거나—— 그런 당연한 나날에 갑자기 찾아오는 불행.

일상 속에 숨어있는 죽음의 향기.

갑자기 눈앞에 찾아오는 피할 수 없는 죽음.

눈앞에 있는 남자에게서 그런 끝을 알 수 없는 불길함, 꺼림칙함을 느꼈다.

“쵸도가하마 로스트…… 마왕학원에서 본 적은 없네. 몇 학년 몇 반이지?"

로스트는 어깨를 으쓱였다.

"난 마왕학원에 들어갈 자격이 없어."

"어? 하지만……."

분명 마왕학원의 학생이 될 수 있는 자는 마족 중에서도 귀족과 같은 상류계급에 있는 자들뿐이다.

하지만 마왕 후보는 마왕학원에 다녀야 한다. 그래서 인간인 나에게도 입학 허가가 떨어졌다. 그렇다면 로스트에게도 자격은 있을 것이다.

게다가 로스트에게서 느껴지는 기척은 마족의 것이다. 인간이 아니다. 그렇다면 더더욱 문제는 없을 것이다.

그런 내 생각을 읽은 것처럼 로스트는 자조하듯이 대답했다.

"난 하급마족이야. 최하층 마족이지. 마왕학원에 다니지 않는 건…… 뭐, 나한테도 사정이 있어."

로스트는 손뼉을 딱 치더니 친근함이 느껴지는 웃음을 지었다.

"나 같은 것보다 네 이야기를 하자. 솔직히 나보다 더 아래에 있는 존재 같은 건 없는 줄 알았어. 그런데 '러버즈'의 마왕후보는 인간이라고 하잖아. 깜짝 놀랐어. 아래에는 아래가 있다면서."

큭큭대며 웃더니 로스트는 눈을 가늘게 떴다.

"그래서 계속 네가 신경 쓰였어. 나보다 더 최악인 마왕 후보는 어떤 녀석일까? 진짜로 존재하는지 반신반의했어."

"칭찬하는 건지, 깎아내리는 건지 잘 모르겠지만…… 마치 미확인 생물체처럼 취급하네."

"물론 칭찬하는 거지. 나한테는 아이돌이야. 자신이 가장 아래라고 생각하고 있었는데 더 아래가 있었으니까. 질투심마저 느낀다고."

"그래서…… 어떤 녀석인지 확인하러 왔다는 건가."

"뭐, 그런 거지."

젠장! 이런 곳에서 마왕 후보와 마주칠 줄은 몰랐다. 여기는 휴일의 아울렛 몰. 싸우게 되면 많은 사람이 말려들지도 모른다.

──하지만 재빠르게 주위를 확인하니 이상하게도 사람의 모습이 하나도 없었다. 그 의문을 알아차린 것처럼 로스트가 가볍게 양팔을 벌렸다.

"이야기하는데 방해가 안 되도록 사람을 쫓아내는 마법을 썼어."

나는 약간이나마 안심했다. 그렇다면 상관없는 사람이나 아버지와 어머니가 말려들지 않는다.

"그거 고맙네. 그래서…… 난 보시다시피 이래. 실망시켰나?"

실망…… 이 아니라, 만만하게 보여 기쁘게 했을지도 모른다── 그렇게 생각했지만 로스트는 마치 옛 친구와 재회한 듯한 표정으로 대답했다.

"설마. 운명적인 걸 느꼈어."

──운명?

"그리고 역시 재밌다고 생각했어."

"……재밌어?"

"마족이라면 하급마족을 얕봐. 인간이라면 마족을 두려워해서 비위를 맞추지. 하지만 인간이라도 마계의 사정에 밝은 자라면 하급마족이라는 걸 알면 마음속으로 바보 취급 해. 하지만 넌 그 어느 쪽도 아니야. 솔직하게 선입견이나 편견도 없이 있는 그대로의 나를 대해주고 있어."

"……그거야 보통 그렇잖아."

"아니지, 아니지. 보통은 자기 형편에 맞게 다른 사람을 평가하고, 분류하고 서열을 매겨. 하지만 넌 나라는 존재를 필터를 거치지 않고 그대로 받아들여 주고 있다는 느낌이 들어. 그리고 경계는 하고 있지만 적의가 없어. 그 점도 재밌어."

"그렇지도 않아. 마왕 후보니까. 언젠가 싸우게 될지도 모르지."

"하지만 넌 날 미워하지 않아. 죽이고 싶다는 생각을 하지 않아."

"그야 너한테 원한 같은 건 없으니까. 차기 마왕 자리를 두고 싸우고는 있지만 상대가 미운 건 아니야."

"어째서? 인간은 마족에게 지독한 취급을 받고 있잖아."

지독한 취급?

내가 잘 모르겠다는 표정을 짓고 있어서인지, 로스트는 이상하다는 듯이 웃었다.

"너 상당히 사람이 좋구나. 마왕학원에 다니면서 안 좋은 일을 당한 적이 있지 않아? 괴롭힘이나 중상과 비방, 온갖 공격을 받았을 거야. 아냐?"

"그건…… 없진 않지만."

로스트의 금색 눈동자가 나를 꿰뚫어 봤다.

"그럼 복수해야지."

"복수?"

"그래. 나나 너를 쓰레기처럼 취급한 귀족에게 말이야."

난 로스트의 말에 위화감을 느꼈다.

인간이라면 몰라도, 일단은 이 녀석도 마족이다. 그런데 쓰레기처럼 취급한다는 건 무슨 말이지?

그런 생각을 하고 있으니, 로스트는 갑자기 말했다.

"나랑 같이 마왕학원을 부수자."

"……뭐."

뭐라고?

"우리가 괴롭힘당하는 건 지금 마계를 지배하고 있는 귀족들 때문이야. 그리고 그 상징이 마왕학원이지."

"……."

"난 마왕학원을, 마계를, 세상 모든 것을 죽일 거야."

……이 녀석은 무슨 소릴 하는 거냐.

"죽인다니…… 이 세상 모든 것을?"

"죽음과 재생, 그것이 '데스'의 역할이니까."

"그럼…… 네 목적은 차기 마왕이 되는 게 아냐?"

그렇게 물으니 로스트는 고개를 갸웃했다.

"다른 마왕 후보를 전부 죽이면 자연스럽게 차기 마왕이 돼버리지만 말이야. 하지만 그래도 좋다고 생각해. 새로운 세상의 시작에는 신화가 필요하지. 최하층 마족이 마계의 정점이 선다는 이야기는 상당히 드라마틱해서 좋네."

"다시 말해서, 혁명인가."

"맞아. 마계는 귀족에게 완전히 지배당하고 있어. 재산이 많은 자는 점점 더 재산이 많아지고, 가난한 자는 악순환에서 빠져나올 수 없지. 귀족들 사이에서 지배권이 돌고 있을 뿐이야. 난 귀족과 하급마족 사이에 놓인 벽을 파괴할 거야. 그러니까 유우토, 네 힘을 빌려줬으면 해."

"내 힘을?"

"유우토, 넌 인간이야. 마계나 마족의 존재를 모른다면 딱히 인간이라는 점에 불만을 품지 않았을지도 모르지. 하지만 자기들이 마족의 에너지원── 다시 말해서 자원으로 취급당한다는 걸 알고 어떻게 생각했어?"

"그건……."

"마족의 지배에서 벗어나 진정한 자유를 손에 넣고 싶지 않아?"

로스트의 말이 서서히 머리를 침식해갔다.

눈앞의 문제로 벅차서 그런 먼 미래의 일은 생각하지 않았다.

아니, 일부러 눈을 돌리고 있었던 것일지도 모른다.

만약 내가 차기 마왕이 된다면, 그때 마계나 인간계를 어떻게 할 것인가?

난──,

리제르 선배와 모두의 기대에 부응하고 싶다.

다른 사람들과 어머니와 아버지가 웃으면서 평화롭게 살 수 있는 세상으로 만들고 싶다. 그런 손이 닿는 범위 안의 일만 생각했다.

──나에겐 '이런 세상으로 만들고 싶다'는 구체적인 비전이 없다.

"그렇다고 해도 모든 마왕 후보를 쓰러뜨리는 건 정말 어려운 일이지만. 강력한 적은 아직도 있고, 아직 모습을 드러내지 않은 트라이엄프도 있어."

"트라이엄프…… 특별한 여섯 장의 아르카나를 가진 상대인가."

리제르 선배한테 들은 적이 있다.

마왕의 아르카나의 0부터V까지, 맨 앞의 여섯 장. 즉 '0 풀' 'I 메이거스' 'II 프리스티스' 'III 엠프레스' 'IV 엠페러' 'V 하이어로펀트'.

지배자를 나타내는 카드를 많이 포함한 이 여섯 장은 초창기에 탄생한 아르카나이며 격이 다른 힘을 지녔다고 한다.

"그리고 내가 하려는 일은 확실하게 반감을 살 거야. 가령 내가 차기 마왕이 된다고 해도 반란을 일으키는 녀석도 있을 것이고, 현 마왕도 순순히 옥좌를 내주지 않을지도 몰라."

"그 말은…… 간도 교장과 싸운다는 건가?"

"응. 그래서 난 진짜 동료가 필요해."

"진짜, 동료?"

"나와 똑같은 관점과 똑같은 마음을 지니고 똑같은 목적을 공유하는 그런 동료. 다른 마족에게 그런 건 무리지."

로스트는 진지한 눈빛으로 나를 가만히 바라보고 있었다.

"진정한 의미로 서로 신뢰할 수 있는 상대. 그런 상대는 너뿐이야."

로스트는 오른손을 내밀었다.

"내가 마왕이 되면 인간계는 너한테 맡길게. 네가 인간의 왕이야. 나랑 둘이서 잘 해보자."

내밀어진 로스트의 오른손을 바라봤다.

잘은 모르겠지만, 이 녀석은 마계에서 괴롭힘을 당해온 듯하다. 그리고 새로운 세상을 만들려 하고 있다.

나는 어떤가?

확실히 로스트의 말은 틀리지 않은 것처럼 느껴졌다.

그것은 마계의 신분제도를 폐지하고 평등한 세상으로 만든다는 것.

하지만 현재의 마계의 질서를 파괴하게 된다. 그것은 정말로 올바른 일인가?

그렇게 되면 리제르 선배는 어떻게 되지?

미야비와 네이트와 아스피테와 게르트와 다른 모두는?

귀족도 나쁜 녀석들만 있는 게 아니다. 모두의 생활과 짊어지고 있는 것을 파괴하게 되지 않을까?

그리고 로스트는 복수라고 말했다.

세상을 바꾸는 이유가 그래도 좋은가?

"왜 그래? 고민할 것 없잖아?"

"난……."

"인간을 마족의 지배에서 해방하지 않아도 괜찮아?"

"……그건."

"만약 다음 마왕이 인간에게서 마력을 가차 없이 짜내는 녀석이면 어떡할 거야? 지금처럼 세상이 태평하지 않을 거야. 인간계 전체가 지옥이 될 거야. 그래도 좋아?"

“아니! 그래도 좋다고는 안 했어. 하지만――.”

“네 선택에 모든 인류의 운명이 걸려있는데?”

“모든 인류……?”

등과 겨드랑이에 진땀이 솟았다.

“나랑 같이 세상을 부수고, 세상을 만들자.”

내 오른손이 약간 올라갔다. 그때――,

“‘디토네이션’!!”

“?!”

로스트가 서 있던 곳이 작렬했다.

“우왓?!”

열풍과 충격파에 몸이 뒤로 날려졌다. 때를 맞춰 방어마법을 쓰지 못해 뒤로 넘어져 바닥을 미끄러졌다.

“괜찮아?! 유우토!”

이 목소리는――?!

쓰러진 채로 올려다보니 팔랑이는 스커트와 검은 스타킹이 감싸인 긴 다리. 그 끝에는 스타킹 너머로 보이는 하얀 속옷. 가슴 너머로 리제르 선배가 걱정스러운 얼굴로 내려다보고 있었다.

“리제르 선배!”

서둘러 일어나 폭발이 일어난 곳을 봤다.

오디오샵의 바닥이 패여 연기가 뭉게뭉게 피어오르고 있었다. 주위의 헤드폰과 스피커는 전부 날아갔고 선반이 부서져 여기저기에 널브러져 있었다.

“……지금 건 선배가?”

"그래. '데스'의 마왕후보의 정보를 쫓고 있었는데, 설마 유우토를 만날 줄은 몰랐어. 괜찮아?"

"네. 이야기를 하고 있었을 뿐이라……."

"맞아. 갑자기 날려버리다니, 귀족 아가씨 주제에 버릇이 없네."

연기 너머에 로스트가 있었다.

다친 기색도 없었고, 폭발 따위는 일어난 적이 없었다는 듯이 태연하게 있었다.

"……멋대로 우리 마왕 후보에게 접근하지 말아주실까?"

"이런 이런, 모처럼 남자의 우정을 쌓으려고 했는데…… 정말 방해가 된단 말이야."

"유우토에게 접근한 목적은 뭐야?"

로스트는 날카로운 눈매로 노려보는 리제르 선배를 무시하고 나를 향해 친근하게 한쪽 손을 들었다.

"그럼 다음엔 방해가 없을 때 보자. 오늘은 만나서 좋았어."

"기다려!"

"아아, 그쪽 아가씨한테는 내가 아니라 친구가 용건이 있다는데."

"친구?"

리제르 선배가 의아하다는 표정을 지었을 때, 가게 안의 조명이 일제히 꺼졌다. 가까이에 창문이 없어서 주변은 진정한 어둠에 휩싸였다.

"읏…… 조심해, 유우토."

묘하게 날카로운 목소리가 들린 뒤에 작은 빛이 들어왔다.

선배의 손안에 작고 파란 불꽃이 타오르고 있었다. 그리고 가볍게 손을 흔들자 그 불꽃이 바닥에 떨어졌다. 그 불꽃은 바닥을 굴러 번져 나갔다. 하지만 열은 없어서 보통 불꽃처럼 화재가 나거나 하지는 않는 모양이다. 어두워진 가게 안을 창백한 불꽃이 비추기 시작했다.

그 푸른 빛 속에서 사람의 그림자가 드러났다.

"인간을 마왕 후보로 받들다니, 꽤나 쇠락했군요. 리제르."

"……너."

어둠 속에서 드러난 것은 아름다운 여성이었다. 허리까지 오는 보라색 머리칼에 길게 째진 파란 눈동자. 화려하게 웨이브와 롤이 들어간 헤어스타일과 기품 있는 용모는 말투와 맞물려 그야말로 귀족 아가씨라는 분위기를 풍겼다.

하지만 입은 옷은 아가씨와는 동떨어져 있었다.

리제르 선배에게도 뒤지지 않는 훌륭한 몸매를 감싼 것은 피부에 달라붙는 검은 고무 소재의 옷. 목과 손발에는 구속하는 듯한 벨트. 그것은 몸의 라인을 더욱 야하게 표현하는 본디지 슈트였다.

그리고 롱코트 같은 제복의 윗옷을 양어깨를 드러내듯이 걸치고 있었다.

노출은 거의 없는데, 마치 알몸으로 서 있는 듯했다. 잘못 보면 알몸보다 더 야하게 보일지도 모른다.

"선배…… 저 사람은?"

"'행드맨'의 마왕 후보. 하야치네 요타카야."

이 섹시한 미인이 '행드맨'?!

아르카나의 이름과 본인이 전혀 맞지 않았다. 애초에 남자도 아니고.

"소개하느라 수고했어, 리제르."

하야치네 요타카는 싱긋 미소를 지으며 나에게 시선을 돌렸다.

"참고로 전 리제르의 어릴 때부터 알고 지낸 친구…… 아니, 숙적이에요."

——숙적?

요타카는 춤추듯이 손끝을 구부러뜨려 볼에 댔다. 그리고 음미하듯이 나를 바라봤다.

"나쁘진 않네요. 리제르 같은 것보다 저한테 갈아타지 않을래요? 소중히 키워드릴게요."

"요타카, 그 이상 실례되는 말을 하면, 내가——."

리제르 선배가 내 앞으로 나오려고 했다. 하지만 그보다 먼저 요타카의 뒤에서 한 소녀가 모습을 드러냈다.

"……기다려주세요, 요타카 님. 인간 따위를 주우시면 곤란합니다. 애완동물은 혈통서가 딸린 제대로 된 것으로 하셔야죠."

빨간 본디지 패션을 한 미소녀다. 검은 머리칼을 숏컷으로 잘라 일본 인형 같은 분위기가 나서 귀여웠다. 요타카와 나란히 서니 주인님과 그 노예처럼도 보이지만.

"어머, 아야오리. 너도 왔어?"

"네. 요타카 님 혼자 두시면 무슨 일을 저지를지 모르니."

요타카는 고상하게 후훗 웃고 빨간 본디지 소녀를 손끝으로 가리켰다.

"여기는 아야오리 이라츠메. 우리 에이스예요."

노예는커녕 '행드맨'의 에이스였다. 외모로 얕보면 큰코다칠 것 같다.

"그래서 무슨 일이야? 만나러 올 거면 약속을 잡은 다음에 와 줘."

요타카는 경계심을 드러내는 리제르 선배에게 요염하게 미소 지었다.

"저도 슬슬 본격적으로 움직일 생각이에요. 그래서 가볍게 인사하러 왔을 뿐이에요. 다른 마왕 후보가 '러버즈'를 쓰러뜨려 버리면 리제르── 당신을 죽일 대의명분이 없어져 버리는 걸요."

참 뒤숭숭한 인사도 다 있다. 리제르 선배도 눈살을 찌푸렸다.

"그래…… '행드맨'도 '데스'의 동맹에 들어간 거구나. 너야말로 쇠락했구나. 하야치네 가의 명예에 흠집이 생길 거야."

리제르 선배의 도발에 요타카는 끈적한 웃음을 지었다. 그 음란한 웃음에 나도 모르게 등줄기가 오싹 떨렸다.

"부자연스러운 도발은 필요 없어. 금방 널 죽여── 아니, 역시 죽이지 않겠어. 넌 히메가미 가가 몰락하는 모습을 지켜봐야 하는걸. 그리고 쭉 귀여워해 줄게…… 죽여달라고 애원해도 절대로 죽이지 않을 거야. 후후…… 기대되네."

"……여전히 품위라고는 없는 형편없는 취미네."

"그 점잖은 얼굴이 굴욕에 일그러지고 울부짖는 모습이 눈에 선해. 아아, 빨리 널 묶어서 매달고 싶어."

"후훗, 농담도 잘하네. 나도 마침 마법약 소재를 찾고 있었어.

네 내장이 딱 좋을지도 모르겠어."
살벌한 내용인데 두 사람의 표정과 몸짓은 상류계급 아가씨. 왠지 쓸데없이 무서웠다.
"요타카 님. 이제 곧 시간입니다."
아야오리가 조금 초조한 듯이 재촉했다.
"어머나? 너무 오래 있었네요. 후훗, 그럼 잘 있어."
요타카는 고상하게 고개 숙여 인사하고 발걸음을 돌렸다. 아야오리는 날 한 번 째려보고 요타카의 뒤를 따라갔다.
어두운 통로 안쪽으로 요타카와 아야오리가 사라졌다. 그러자 갑자기 불이 켜졌다.
밝은 가게 안에 둘의 모습은 더 이상 없었다.
그리고 멀리서 아울렛 몰의 떠들썩함이 다가왔다.
"선배……."
"드디어 직접 왔네…… '데스'가."
그리고 노골적으로 불쾌한 표정을 지었다.
"게다가 요타카까지…… 성가시네."
"왠지 저보다 리제르 선배를 노리는 것 같았어요."
"히메가미 가와 하야치네 가는 옛날부터 대립 관계였어. 먼 옛날에는 전쟁을 한 시기도 있었어. 그 때문에 지금도 사이가 나빠. 덕분에 나와 요타카도 어릴 때부터 온갖 일로 경쟁해야 했어. 집안끼리 하는 대리전쟁 같은 것이지."
"그렇군요…… 그럼 선배도 큰일이네요."
"이젠 새삼스럽지도 않아. 이젠 익숙해졌어."

리제르 선배는 포기한 듯한 웃음을 보였다.

"그보다 적이 이만큼 요란하게 움직인 이상, 우리에게도 대책이 필요해."

"네. 하지만 어떻게 해야……."

"몇 가지인가 생각하고 있는 건 있어. 예를 들면 전력 증강. 새 카드를 추가하는 거야."

확실히…… 전에 스텔라한테도 비슷한 말을 들었다.

"하지만 제 카드가 되어줄 것 같은 상대가 짐작이 안 된다고 해야 할까……."

"그거에 대해서는 나도 확실하게는 말 못 하겠지만…… 그래도 가능성이 있을 것 같은 상대라면 있어."

"네? 누구인가요?"

"아직 확신할 수 없으니까 그건 다음에 알려줄게. 그보다 유우토는 다른 대책을 취할 필요가 있어."

"그건…… 어떤 대책인가요?"

"이번 여름 동안에 필살기를 익힐 거야."

"피, 필살기 말인가요?"

뭔가 굉장히 매력적인 울림이다.

"네 성장은 돋보이지만 좀 더 강해질 필요가 있어. 그것도 빨리. 그러니…… 여름 합숙을 결행할 거야!"

"여름…… 합숙?!"

그러고 보니, 전에 수영복을 사러 갔을 때 예고했었지.

"분명 특훈 내용에 따라갈 곳이 바뀐다고 했었죠? 어디로 가게 되나요?"

리제르 선배는 나에게 얼굴을 딱 돌렸다.

"하와이야."

뭐라고?!

"필살기를 익히려면 특훈이 필요. 상당히 가혹한 합숙이 될 거야."

나는 침을 꿀꺽 삼켰다.

선배가 이렇게까지 말하니 분명 상당히 힘든 특훈이 기다리고 있을 것이다.

하지만――,

"할게요! 어떤 특훈이든 반드시 극복해 보일게요!"

"좋은 기백이야."

내 대답을 듣고 선배는 만족스럽게 고개를 끄덕였다.

"의욕이 불타기 시작했어요! 해내주겠어!!"

그도 그럴 게 하와이라고!

필살기라고!

서민의 동경과 남자아이의 꿈이 있는 더블 헤더!! 더는 두근거림을 억누를 수 없다!

빨리 와라, 여름방학!

"그럼 분발해서 연습 메뉴를 생각해둘게. 울트라 고져스 초 스페셜 하드 데스 코스로 말이야."

그 네이밍은 들뜬 내 마음을 식게 만들기에 충분했다.

마왕학원의 반역자

제1장 가자, 여름 합숙으로!

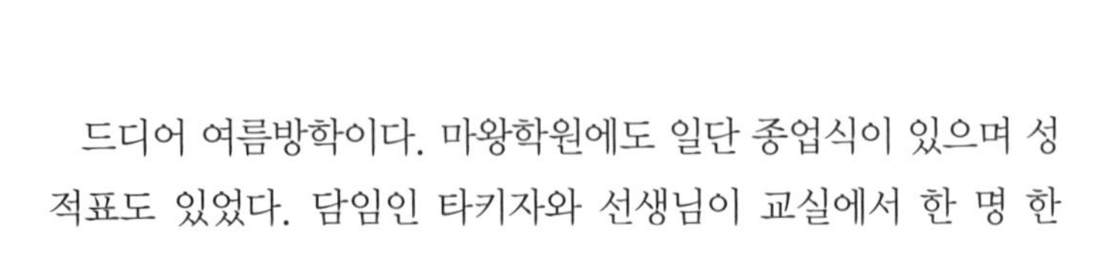

드디어 여름방학이다. 마왕학원에도 일단 종업식이 있으며 성적표도 있었다. 담임인 타키자와 선생님이 교실에서 한 명 한 명에게 직접 나눠주는데……,

"모, 모리오카…… 군, 서, 설령 당신이 마왕 후보를 세 명이나 쓰러뜨렸다고 해도…… 그, 그거랑 성적은…… 벼, 별도예요!"

타키자와 선생님은 새파란 얼굴로 부들부들 떨면서 성적표를 건넸다.

"머, 머리를 굴려서 성적을 수정했다고 생각할지도 모르겠지만, 저, 저도, 긍지 높은 마왕학원의 교사! 성적에 손을 댄다는 것은 당치도 않은 일!"

"네? 아니, 손을 댔을 거라는 생각은 안 했는데요."

"으…… 수정해도 그 사실을 은폐하라는 협박인가요…… 하지만! 성적이 마음에 안 든다고 해도 고칠 수는 없습니다! 서, 설사 죽인다고 협박당해도 저는 교사로서 죽겠습니다!"

성적표를 건네줄 뿐인데 왜 그렇게 불온한 말을 하는 거냐. 그리고 적당히 봐달라는 부탁을 한 적도 없는데…….

"……저기, 들었어? 지금 대화."

"그래…… 성적을 고치라고 타키자와 선생님을 협박한 건가."

"게다가 선생님이 겁먹은 것 좀 봐…… 분명 굉장히 지독한 일을 당했을 거야."

"인간 주제에 이 얼마나 악마 같은 녀석인가."

뭔가 엄청난 헛소문이?!

얼른 끝내려고 나는 손을 내밀어 성적표를 받았다. 하지만 선생님이 이만큼 성적에 손을 댈 수 없다고 못을 박는다는 것은——,

"……그렇게 나쁜가요? 제 성적."

그렇게 별 뜻 없이 물어보니 안경 안쪽에 있는 타키자와 선생님의 눈동자가 공포로 오그라들었다.

그 반응이 신경 쓰여서 나도 모르게 그 자리에서 속을 보고 말았다.

"으…… 확실히, 이건…… 심하네."

그렇게 중얼거리고 고개를 드니,

"히익!"

타키자와 선생님이 뒤로 홱 물러나서 칠판에 등을 부딪쳤다.

"아, 아니…… 역시, 죽고 싶지, 죽고 싶지 않아…… 사, 살려줘…… 부탁이야."

"저, 저기 선생님? 성적이 안 좋아도 전 딱히 선생님한테 화풀이 같은 건——."

선생님의 포동포동한 허벅지가 바들바들 떨렸다. 그 허벅지 안쪽을 타고 따뜻한 액체가 흘러 떨어졌다. 타키자와 선생님의 발치에 웅덩이가 생겨났다.

"아! 괘, 괜찮나요?! 선생님!"

"부…… 부탁, 부탁드립니다! 뭐든지 할 테니까요!! 목숨, 만은――."

타키자와 선생님은 거기까지 말하고 눈을 뒤집으며 쓰러졌다.

"서, 선생니이이이이이이이이이이이임?!"

그 후, 선생님을 안고 급히 보건실로 갔다. 난 선생님을 도와준 것인데, 어찌된 일인지――,

"'러버즈'의 모리오카가 교실에서 타키자와 선생님한테 강제로 오줌을 지리라고 시켰대!"

"게다가 그 후에 홀딱 벗겨서 목줄을 채우고 학교 안을 산책시켰다는 게 진짜야?!"

"전에도 교정에서 당당하게 리제르 선배의 가슴을 주물렀으니 말이야! 젠장! 죽어라, 모리오카!"

소문이 억측을 부르고 헛소문이 양산되어 과장된 소문이 소문을 퍼뜨린 사람의 수만큼 부풀어 간다.

――그 결과,

방과 후, 리제르 선배는 나를 무릎 꿇려 앉히고 엄하게 취조했다.

그런 고생 끝에 손에 넣은 성적표. 집으로 돌아가 쭈뼛거리며 어머니와 아버지에게 보여주니――,

"어머~! 어머~! 레이나는 올5잖아! 대단해! 천재인가?! 천재인 거야?! 아앙 정말, 귀엽고 착하고 머리도 좋다니!"

"이야, 정말 대단하네! 좋아~, 아빠가 레이나가 갖고 싶은 걸 뭐든지 사줄게!"

——레이나를 추켜세우며 칭찬하고 있었다.

"아, 아니에요, 아니에요…… 칭찬받은 것만으로도 레이나는 기뻐요, 예요…… 고마워, 엄마, 아빠."

수줍어하면서 그런 말을 하니, 당연히 어머니도 아버지도 좋아서 몸부림을 치지.

한편, 오빠의 위엄을 보여야 하는 나에게는——,

"유우는…… 힘내!!"

"유우토…… 사람은 성적이 전부는 아니니 말이다. 아버지가 충고를 하자면…… 훌륭한 마족과 친하게 지내두라고! 분명 좋은 일을 소개해줄 테니까!"

걱정을 해줬다…… 뭔가, 혼나는 것보다 타격이 컸다.

하지만 그런 기분을 날려버릴 빅 이벤트가 기다리고 있다.

——여름 합숙(숙박)이다!!무서운 타이틀을 듣긴 했지만, 여름방학에 모두와 여행을 간다는 사실에 변함은 없다. 그리고 행선지는 리조트의 왕 하와이다.

합숙소는 오아후 섬에 있는 리제르 선배의 별장. 그건 그렇고…… 역시 리제르 선배의 아가씨다운 정도는 격이 다르다.

리제르 선배는 익숙할지도 모르지만, 나에게 있어서는 기념할 만한 첫 해외다. 그래서 나와 레이나는 처음으로 여권을 만들러 갔다. 그리고 공항에 가는 것도 처음이라, 하나부터 열까지 처음 하는 일투성이였다.

레이나와 해외여행용품을 사러 가고, 가이드북도 같이 보고, 가족끼리 짐을 싸고, 준비만으로도 엄청 즐거웠다.

하와이

――그리고 출발 당일.

처음 가는 나리타 공항에서는 우선 그 넓이에 압도되었다. 어디서 기다리면 좋을지 몰라 나와 레이나는 캐리어를 굴리면서 어찌할 바를 몰랐다.

"일단 전화라도 한 번 해볼까……."

그렇게 스마트폰을 꺼내니,

"평안하신지요. 유우토 씨."

……누구지?

청초한 흰 원피스에 챙이 넓은 하얀 모자. 거기서 흘러내리는 듯한 반짝이고 부드럽게 웨이브가 들어간 금색 머리칼. 미소 짓는 눈동자는 반짝이는 파란색.

리조트에 외출하는 곱게 자란 아가씨 그 자체였다. 그 말투와 서 있는 모습에서도 고상함이 스며 나오는―― 응?!

"너, 미야비냐?!"

감쪽같이 속였다는 미소를 짓고 큭큭 웃기 시작했다.

"정말~ 지금 유우토의 표정 이상해~."

평소의 날라리 같은 미야비가 아니라 아가씨 모드 미야비였다. 옷뿐만 아니라 표정과 분위기까지 바뀌어서, 한순간 다른 사람으로 착각해버렸다.

젠장, 이래서 여자는 마물이다. 아니, 미야비는 마족이지만.

레이나도 눈을 동그랗게 뜨고 놀라고 있었다.

"근데 무슨 일인가요? 항상 입는 스타일이랑 전혀 달라요, 예요."

그러자 미야비는 난처한 표정으로 팔짱을 꼈다. 겉모습은 몰라도, 태도는 아가씨 모드가 끝난 듯했다.

"그게 말이야~, 어머님의 명령이야. 히메가미 가의 별장에 초대를 받았으면 단정히 하고 가라고. 드레스 같은 걸 한 벌 가지고 가게 했어. 짐이 늘어서 곤란해."

미야비 뒤에서 공항의 포터가 손수레를 밀며 다가왔다. 커다란 캐리어가 세 개나 있었다.

"——난 어머님의 배려에 감사하고 싶은데."

청량한 목소리가 들려왔다.

"리제르 선배!"

미야비와 대조적인 어른스럽고 시크한 검은 원피스. 그 검은색은 선배의 하얀 피부를 돋보이게 해서 품위 있는데도 현기증이 날 것 같은 요염함이 감돌았다.

"다들 모였네."

"응, 완벽해! '러버즈'가 쫙 집합했다는 느낌!"

나와 레이나도 웃으면서 고개를 끄덕였다.

"그럼 갈까."

라며, 리제르 선배가 미소 지었을 때——,

"아~, 역시 유우토다!"

방울을 굴리는 듯한 귀여운 목소리에 불러 세워졌다.

목소리가 난 쪽을 보니, 캐리어를 끌면서 다가오는 미소녀—— 아니, 소년.

"루키?!"

'저지먼트'의 마왕후보, 코우마 루키였다.

세일러 칼라가 달린 하얀 윗옷에 숏팬츠. 항상 입는 교복의 화이트 버전이라는 느낌이다. 치마가 아니라 바지라서 남자아이 다운가 하면…… 잘 빠진 다리의 노출이 늘어서 조금 헷갈렸다.

"루키, 왜 공항에……?"

"나, 지금부터 여행을 가. 유우토도?"

"그래, 난 하와이에서 여름 합숙이야."

"그래?! 엄청난 우연이네!! 사실 나도 하와이에서 여름을 보내!"

"뭐?! 그건…… 확실히 엄청난 우연이네. 그것도 공항에서 딱 마주치다니."

루키는 내 손을 잡고 꺅꺅대며 기쁜 듯이 팔짝팔짝 뛰었다.

"비행기 편이 다른 건 아쉽지만, 가서 만나자! 같이 놀아!"

"어, 그래……."

손을 붕붕 흔들며 체크인으로 향하는 루키에게 나도 가볍게 손을 흔들어줬다.

나는 순진한 미소를 보면서 마음속 어딘가에서 의문을 느꼈다.

……정말로 우연인가?

이전에 루키는 '데스'의 동맹을 경계해서 정보를 교환하자는 제안을 했다. 마왕대전을 치르는 마왕후보 중에서는 우호적인 녀석이라고 생각한다.

하지만――,

저 녀석이 하와이에 가는 게 우연이 아니라고 한다면, 어떤 이유가 있을까?

혼자서는 불안해서 우리에게 달라붙으려는 건가?

아니면 그 반대로──,

"리제르 선배…… 루키 녀석, 정말로 우연일까요?"

"글쎄?"

의외로 리제르 선배는 별로 신경 쓰지 않는 모양이었다.

'그럼 가자'라고 말하고 걸어가기 시작해서 나는 서둘러 포터에게서 손수레를 받아 나와 레이나의 캐리어를 실었다. 그리고 우리는 리제르 선배의 뒤를 오리처럼 줄지어서 따라갔다.

잠시 뒤에 미야비가 어라 라며 목소리를 냈다.

"저기~ 선배? 체크인 카운터 지나쳤는데?"

"괜찮아. 조용히 따라와."

미야비는 나와 레이나를 뒤돌아보더니 어깨를 으쓱이며 인상을 썼다. 이해가 안 된다고 말하고 싶은 것이리라.

하지만 리제르 선배의 걸음걸이에 망설임은 없어서 길을 헤매고 있다고 보기도 어려웠다.

한동안 걷다가 특별실 같은 곳으로 들어갔다.

"여기서 출국 수속을 진행할 거야."

그러자 미야비는 뭔가 깨달은 듯한 표정을 지었다.

"선배, 여긴…… 비즈니스 제트용?"

"맞아, 사전에 준 티켓은 필요 없어. 내가 전세를 낸 프라이빗 제트기로 가기로 했으니까."

왠지 보통 해외여행을 뛰어넘어서 차원이 다르게 고급스러운 여행을 하게 될 것 같다. 나와 레이나는 덜덜 떨만한 일이었다.

뭔가 이해가 잘 안 되는 사이에 마이크로 버스에 태워져 제트기가 있는 곳까지 갔다. 그리고 소형 제트기에 올라타니, 안은 마치 호텔의 리빙 룸 같았다.

반쯤 꿈을 꾸는 듯한 기분으로 의자에 앉는 나와 레이나를 제트엔진의 굉음과 강렬한 중력가속도가 덮쳤다.

"오, 오빠, 모, 몸이 의자에 밀려요, 예요!"

"오옷! 대기권을 탈출할 수 있을 것 같은 기세네!"

생애 첫 이륙은 대흥분이었다.

"오빠! 큰일이에요! 땅이 비스듬하게! 점점 작게 작게!"

"우오오오! 아이 캔 플라이! 지구는 둥글었던 것인가! 인류에게는 작은 한 걸음이지만 나에게는 커다란 한 걸음이다!"

"어…… 엄청 들떴…… 네."

미야비가 기가 막힌다는 듯이 말을 해도 신경 쓰지 않았다. 나와 레이나는 창문에 달라붙어 환성을 지르거나 사진을 찍는 등 신나서 난리를 피웠다.

"으으~ 뭔가 진 것 같은 기분이 들어! 나도 신나게 떠들 거야!!"

미야비도 참가해서 완전히 수학여행처럼 하이텐션이었다.

다른 승객이 없어서 눈치를 볼 필요도 없다. 비행기가 구름 위로 나와 운해의 경치가 계속되자 우리의 흥분도 겨우 잦아들기 시작했다.

그때서야 겨우 리제르 선배가 혼자 조용히 커피를 마시고 있다는 걸 알아차렸다.

"……죄송해요, 리제르 선배. 소란을 피워서……."

하지만 리제르 선배는 아이를 보듯이 미소 지었다. 그 미소는 마치 성모와 같아서 악마라는 생각이 들지 않았다.
"아냐. 즐거워해 줘서 나도 기뻐."
"엄청나요! 엄청, 대단해요! 정말, 레이나는 레이나는, 대단해요!"
여동생 님은 너무 흥분한 나머지 어휘력을 잃어버린 모양이다.
"그렇지~! 모처럼 프라이빗 제트기를 탔고! 이걸 타고 하와이에 갈 수 있다니 최고야~!!"
"아니, 하와이에는 안 가."
"——어."
우리 셋은 굳었다.
"저기, 그 말은…… 무슨?"
쭈뼛거리며 물어보자,
"'타워' 건도 그렇고, 얼마 전의 아울렛 몰에서 일어난 일도 그렇고, 우리 움직임은 감시당하고 있다고밖에 볼 수 없어."
내 머리에 조금 전에 공항에서 마주친 루키의 얼굴이 떠올랐다.
"그러니 그 뒤를 찌르는 거야. 일부러 하와이라고 공언한 건 적의 눈을 속이기 위해서지."
"에~?! 선배, 그런 말은 전혀 안 했잖아!"
"적을 속이려면 먼저 아군부터 속여야지."
미야비는 어깨를 축 늘어뜨렸다.
나와 레이나도 완전히 하와이에 가는 줄 알았기에 낙담했다.
"그렇게 낙담하지 마. 리조트에 가는 건 변함없으니까."
"어? 거긴 어디인가요?"

"후훗, 그건 도착한 다음에 기대해."
그렇게 장난스럽게 미소 짓고 귀엽게 윙크했다.

◇◇◇

도착한 곳은 사람이 적은 휑한 공항이었다. 나리타와 비교하면 상당히 작고 간소한 분위기. 벽 광고에는 이집트 벽화풍 디자인과 매의 머리를 한 신의 그림이 많이 늘어서 있었다.
"선배…… 혹시, 여긴…… 이집트인가요?"
"혹시가 아니라 이집트야. 고대에 수도가 있던 장소, 룩소르."
어쩐지 비행기 창문으로 메마른 땅만 보인다 싶었다.
미야비가 노골적으로 불만에 찬 목소리를 냈다.
"엑~?! 바다는? 리조트는?! 멋진 가게랑 맛있는 과자는?!"
"걱정 안 해도 리조트에는 제대로 갈 거야."
"그 말은…… 여기서 또 이동한다는 거야? 지중해라던가?"
그러자 리제르 선배는 의미심장한 웃음을 지었다.
"이 세상이라는 말은 아무도 안 했어."
"그건…… 아."
미야비는 뭔가를 알아차린 듯한 표정을 지었다.
"하지만 여긴 나나 선배의 영지가 아닌데. 그리고──."
"그러니까 여기서 협력자와 만나게 돼 있어."
──협력자?
"리제르 선배, 그건 대체 누구인가요?"

그렇게 물었을 때,

“저, 저기…….”

조심스럽게 부르는 소리가 들려서 뒤돌아보니,

“어, 어서 와…… 룩소르에.”

‘환영, 유우토 일행’이라고 적힌 종이를 든 갈색 피부 미소녀가 있었다. 금발 앞머리로 한쪽 눈을 가리고 시선만 위로 하여 부끄러운 듯이 올려다보고 있었다.

‘채리엇’의 마왕 후보, 2학년 네이트 카르낙.

“네이트?! 왜 이런 곳에…….”

“이 주변은 우리 영지라서…….”

“어, 그런 거야?”

리제르 선배가 우아한 발걸음으로 다가오더니 네이트에게 미소 지었다.

“신세 질게.”

“아냐. 편하게 있어. 그럼, 차를 준비해뒀으니까…… 이쪽.”

전통 의상을 입은 사람들이 짐을 옮겨줬다. 분명 네이트네 집의 고용인일 것이다. 공항 앞에 주차되어 있던 리무진에 타고 이동 개시. 어디로 향하고 있는지 전혀 모르겠다. 나와 레이나는 완전히 미스터리 투어 기분이었다.

차창으로 보이는 풍경은 일본과 전혀 달랐다. 하와이는 아니지만, 유구한 역사를 가진 나라. 이건 이거대로 두근거림이 멈추지 않았다.

도착한 곳은 거대한 돌 유적이 늘어선 곳이었다. 확실하진 않지만 오래된 신전 터라고 한다.

그 안쪽에 아래로 내려가는 계단이 있었다.

"어두우니까 조심해."

네이트는 그렇게 말하고 망설임 없이 그 계단을 내려갔다. 우리도 네이트를 따라갔고, 그 뒤로 네이트의 고용인이 짐을 들고 내려왔다.

어둠과 벽에 그려진 이집트 벽화가 섬뜩함을 자아내고 있었다.

"?!"

갑자기 누군가에게 팔을 잡혔다.

"리, 리제르 선배?"

내 팔을 가슴에 꾹 안고 있었다. 하지만 겸연쩍은 듯이 시선을 맞추지 않았다.

이건…… 설마 전에 미야비가 놀렸던, 리제르 선배는 유령의 집이나 호러나 어두운 곳을 싫어한다는――,

그런 생각이 떠올랐을 때, 리제르 선배가 팔을 힘껏 안았다. 가슴이 더 세게 눌리게 되었다.

"착각하지 마. 조, 조금 어두우니까 발밑이 위험해. 그뿐이야."

선배의 위엄을 지키려는 듯했지만, 목소리가 살짝 떨리고 있었다.

"그렇네요. 꼭 잡으세요."

"……뭘 웃는 거야?"

이런. 나도 모르게 히죽대고 말았다.

"설마 내가 무서워한다고 생각하는 거야?"

"아, 아뇨! 그렇지는."

큰 목소리를 내버려서 주목을 받고 말았다. 미야비가 '앗!'하고 소리를 내고는 불만스러운 듯이 볼을 부풀렸다.

"선배 치사해~! 나도 꽁냥거릴래!"

"레이나도 레이나도, 오빠랑…… 손…… 잡고 싶어."

안 그래도 좁은 통로가 더 좁아졌다.

"유우토는 나랑 팔짱을 끼고 있으니까 너희 둘이서 손을 잡아."

그렇게 말하면서 선배는 내 옆을 사수하듯이 가슴을 팔에 더 밀어붙였다.

"뭐~ 싫어! 나도 유우토가 좋아!"

"잠깐만…… 좁으니까 무리하게 셋이 나란히 서려고 하지 마!"

"레, 레이나, 오빠의 셔츠자락, 잡아도 되나요, 되나요?"

그냥 떠들썩한 정도가 아니었다. 아까 전까지의 섬뜩한 분위기는 완전히 어딘가로 가버렸다. 선두에서 걷는 네이트가 쿡쿡거리며 소리죽여 웃는 소리가 들렸다.

"정말 '러버즈'의 모두는…… 사이가 좋구나."

그러자 리제르 선배는 눈썹을 팔자로 만들고 황급히 무마하려고 했다.

"아, 아니야. 평소에는 좀 더 착실해. 여행이라서 다들 들떠있을 뿐이야."

네이트는 어딘지 쓸쓸하게 미소 지었다.

"아냐…… 부럽다는 생각이 들어서."

"어?"

난 그 미소가 마음에 걸렸다. 무슨 일 있어? 라며 물어보려고 했을 때, 네이트는 걸음을 멈추고 우리를 돌아봤다.
“여기가 목적지.”
“……?”
그렇게 말을 해도 눈앞에 가로막고 있는 것은 돌벽. 거기에는 어떻게 봐도 이집트스러운 옆모습을 보이는 인물과 상형문자가 빼곡하게 새겨져 있었다.
가장 크게 그려진 건 파라오일까? 그 앞에 무릎 꿇은 사람들이 공물을 바치는 그림으로 보였다.
네이트는 그 벽을 만지고 주문을 외기 시작했다.
“이건?!”
돌벽의 한가운데가 갈라졌다. 그리고 무거운 돌이 질질 끌리는 소리가 울리며 좌우로 열려갔다.
“……아니.”
그 너머에는 별세계와 같은 경치가 펼쳐져 있었다. 녹음이 우거지고 그 너머로 푸른 바다가 보이는, 그야말로 리조트의 경치.
“이럴 수가…… 여기, 지하 맞지? 그것도 상당히 깊이 내려왔는데…….”
“이건 우리의 프라이빗 게이트야.”
네이트는 살짝 부끄러운 듯이 말하고 그 문을 통해 리조트로 발을 들여놓았다.
눈부신 경치에 공포도 사라졌는지 리제르 선배는 내 팔을 놓더니, 무서워했던 게 거짓말이었던 것처럼 시원스럽게 걸어갔다.

"흐음…… 좋은 곳이네."

"햣호~! 리조트, 릿조오~트~♪"

미야비도 알 수 없는 노래를 부르면서 눈부신 풍경 속으로 뛰어 들어갔다. 나와 레이나도 얼굴을 마주본 뒤에 그 문을 넘어섰다.

그 순간, 녹음의 향기가 감돌고 바닷바람이 불었다.

나는 우거진 남국풍 나무들의 잎을 만져봤다. 발이 닿는 푸른 풀. 그 모든 것이 실물의 감촉이었다. 이윽고 발밑이 모래로 변했다. 나무가 드문드문해지고 숲을 빠져나왔다.

그러자 눈앞에 웅대한 풍경이 펼쳐졌다. 하얀 모래사장에 파도가 밀려오고 끝없이 펼쳐진 수평선.

푸른 하늘에는 하얀 구름이 떠있고 햇살이 눈부시게 쏟아졌다. 하지만 습도가 낮은지 찌는 듯이 덥지는 않았다. 바다에서 기분 좋은 바람이 불어와 더운데도 쾌적했다.

"대체 어떻게 된 거야? 이건……."

무심코 그렇게 중얼거리니 리제르 선배가 멈춰 섰다.

"여긴 마계야."

"마, 마계?! 여기가?!"

단어를 듣고 상상하는 이미지와는 상당히 달랐다. 그보다 어딘가 다른 곳으로 순간이동 했다고 하는 편이 납득이 될 것 같았다.

하지만 하늘을 올려다보고 여느 때와는 다르다는 것을 알아차렸다. 달이 평소에 보는 것보다 훨씬 컸다. 게다가 섬 같은 거대한 바윗덩어리가 하늘에 떠 있었다.

지하에 이런 파란 하늘이 있다는 것도 이상한 이야기다. 혹시 무대장치용 배경 그림이 아닐까? 하고 의심하고 싶어졌다.

잘 보니 하늘을 가로지르듯이 눈금이 달린 선이 그어져 있었다. 그곳을 따라 마술 문자가 떠서 천천히 움직이고 있었다. 저것도 무슨 마법인 걸까?

주위를 신기한 듯 둘러보고 있으니 리제르 선배가 설명해줬다.

"원래 '마계'와 '인간계'는 서로 왕래하는 것이 불가능해. 두 세계 사이에 넘을 수 없는 벽이 있는 것과 같지. 그 벽에 마법으로 구멍을 뚫은 것이 아까 전에 지나온 게이트야."

"그, 그런가요…… 학원 수업에서는 그런 건 전혀……."

"아하하, 그야 그렇지. 그런 건 초등학교에서 배우는 거니까."

지금까지 몰랐어? 라고 말하듯이 미야비가 웃었다.

레이나에게 눈을 돌리니, 미야비의 말을 뒷받침하듯이 고개를 끄덕끄덕했다.

"맞아요 맞아요. 게이트를 만든 뒤부터 인간계 개척이 시작됐어요…… 인간에게서 에너지를 얻고, 그 대신 지식을 가져다주는 것으로 더욱 효율적으로 에너지를 회수하게 되었다…… 그렇게 배웠어요."

리제르 선배가 잘했다고 말하는 듯이 고개를 끄덕였다.

"마계와 인간계의 왕래는 관리국에 의해 엄격하게 관리되고 있어. 하지만 전통과 격식 있는 귀족 중에는 지금 지나온 것과 같은 프라이빗 게이트를 가진 집안도 있어. 우리 집에도 있지만 이번에는 몰래 온 거니까 네이트의 게이트를 빌린 거야."

리제르 선배가 감사의 눈빛을 보내자 네이트는 수줍은 듯이 부끄러워했다.

"쓸 때는 언제든지 말해. 리제르와 모두가 마계에 온 건 학원도, 다른 마왕 후보도 모를…… 아."

"왜 그래?"

"으, 응. 사실은 다른 사람도 와있는데…… 끝까지 거절하지 못해서…… 미안해. 하지만 리제르와 모두는 내 프라이빗 비치를 쓸 거니까——."

"그 목소리, 네이트와 리제르?"

모래사장에 세워진 하나의 비치파라솔. 그 아래에서 맑은 목소리가 들렸다.

비치베드에서 몸을 일으킨 것은 하얀 비키니를 입은 투명감이 느껴지는 몸. 날씬한데 나올 곳은 제대로 나온 뛰어난 몸매.

"정말이지…… 모처럼의 쉬는 날을 아는 사람이 없는 곳에서 보내려고 했는데."

나타난 것은 '스타'의 마왕 후보, 호시가오카 스텔라의 불쾌해 보이는 표정이었다.

리제르 선배도 불쾌한 듯이 눈살을 찌푸렸다.

"……스텔라. 설마 너도 여기에 와있을 줄이야."

"그건 내가 할 소리야. 네이트, 왜 아무 말도 안 했어?"

"으…… 그건."

그런가…… 우리가 온다는 건 비밀로 해야 하니까, 스텔라에게도 말하지 않았구나. 사실은 거절하고 싶었겠지만, 스텔라가 밀어붙여서인지, 네이트의 성격 때문인지는 몰라도…… 아무튼 거절하지 못했을 것이다.

어쨌든 우리가 네이트에게 폐를 끼치고 곤란하게 만들었다는 것은 틀림없다.

난 네이트를 지키듯이 스텔라 앞을 막아섰다.

"네이트 탓이 아니야. 내가 억지로 부탁했어. 우리도 스텔라의 예정과 겹치는 줄은 몰랐어. 미안해."

"유우토……♡"

그 목소리를 듣고 돌아보니 네이트가 양손으로 깍지를 끼고 바라보고 있었다. 볼도 빨갛고 눈동자에 눈물이 고여서 글썽글썽했다.

눈물이 나올 정도로 곤란했나. 불쌍하게.

"하지만 우리는 스텔라의 눈이 닿지 않는 곳에서 지낼 거니까. 휴가를 방해하진 않을 거야."

"……내가 여기에 와있다는 걸 퍼뜨리면 죽일 거야."

"알았어. 서로 여기서는 만나지 않았다── 그렇게 하면 되는 거지?"

"그래, 그래."

스텔라는 부루퉁한 얼굴로 사무적으로 대답했다. 마음이 바뀌지 않은 동안에 떠나려고 하니,

"잠깐 기다려."

불러 세웠다.

"'타워'의 마리오스를 쓰러뜨린 건, 유우토…… 너야?"

"아니, 아니야. 그 직전까지 몰아넣었지만 도망쳤어."

스텔라는 조금 고민하듯이 인상을 썼다.

"있잖아, 리제르. '데스'의 정체는 파악했어?"

"아니. 우리 학교의 학생이 아닌 건 틀림없어. 일단 다른 학원의 학생도 조사했지만, 해당하는 학생은 못 찾았어."

"역시, 그런가……."

"'데스'와 만난 모양이네."

"뭐 그렇지. '타워' '문' '선' '스트렝스' 휠 · 오브 · 포춘'이 같은 편으로 붙었어. '문'의 키타카미 루나틱은 처리해버렸지만."

스텔라가 '문'을 쓰러뜨렸다는 건 처음 들었다. 내가 모르는 곳에서도 마왕대전이 진행된다는 것을 실감했다.

스텔라는 내 쪽을 힐끗 봤다.

"어떤 자든 간에 마왕 후보라면 마왕학원의 입학 허가가 떨어져."

그야말로 내가 그 살아있는 예시라고 말하는 듯했다.

"그런데 '데스'…… 죠도가하마 로스트가 입학하지 않은 건 어째서지?"

"나한테 물어봐도……."

그렇게 말하면서 선배의 표정을 살폈다. 그 눈은 쓸데없는 소리는 하지 말라고 말하고 있었다.

난 어깨를 으쓱였다.

"……만약 또 나타나면 본인한테 물어봐."

"그럼, 뭔가 알아내면 가르쳐줘."
스텔라는 일방적으로 말하고 비치파라솔 아래로 돌아갔다.
"……아무튼 그건 꽤 위험해. 최대한 조심해."
"어머? 스텔라치고는 태도가 기특하네."
리제르 선배가 놀리자 스텔라는 흥 하고 콧방귀만 뀌고 대답도 하지 않고 비치베드에 누웠다. 더 이상 이야기할 생각은 없는 듯했다
"그럼 가자. 네이트, 안내를 부탁할게."
"으, 응…… 이쪽."
우리도 그곳을 벗어나 모래사장을 걸어갔다.
로스트는 스텔라도 만나러 간 건가…… 대체 무슨 이야기를 했을까?
나도 스텔라에게 로스트와 이야기한 내용은 가르쳐주지 않았지만…… 하지만 로스트가 왜 마왕학원의 학생이 아닌지 모르는 건 사실이다.
하지만 상상하는 것은 가능하다.
로스트에게 있어서 마왕학원은 증오의 대상이다. 그런 학원에는 입학하고 싶지 않다고 생각하는 건 이상한 이야기가 아니다.
마왕학원의 반역자…… 인가.
난 마계나 마족을 어떻게 생각하고 있는 걸까? 확실히 날 깔보거나 바보 취급 하는 상대에게는 화가 난다. 하지만 그건 그 마족 개인에 대해서 화나는 것이다. 마족이라는 종족 전체를 증오하는 게 아니다.

실제로 난 리제르 선배나 미야비, 레이나, 네이트는 좋아한다. 그러니 로스트가 말하는 반역의 의지로 차기 마왕을 노리는 게 아니다.

하지만 마족 입장에서 보면 다를까? 인간인 내가 마왕학원에 다니는 것만으로도 마족에게 반역하는 것으로 비치는가?

그런 생각을 하고 있으니,

"저게 내 별장."

네이트가 가리킨 것은 바다를 향해 뻗은 선창. 그 끝에 바다에 뜬 섬 같은 오두막이 있었다. 그야말로 바다에 뜬 별장. 사진으로밖에 본 적이 없는 해외 리조트의 풍경이었다.

"정말 마계라는 생각이 안 드네……."

나도 모르게 중얼거리니 리제르 선배가 피식 웃었다.

"인간이 '지옥'이라는 말을 듣고 상상할만한 장소도 분명 있어. 초목이 하나도 자라지 않는 황야, 분화를 반복하는 산악지대와 펄펄 끓는 호수. 안개가 자욱하게 껴서 길을 잃으면 두 번 다시 나올 수 없는 마을. 무서운 마물이 배회하는 색이 없는 숲. 그쪽이 더 좋았어?"

"……아."

그러자 네이트가 배려하듯이,

"아…… 그럼 저쪽 산장이 좋아?"

그렇게 말하고 바다와는 반대쪽에 있는 산들을 가리켰다.

"뭐야…… 저건?"

명백하게 이상했다. 산부터 산기슭에 펼쳐진 숲은 어째서인지 회색이었고 희미하게 안개가 껴있었다. 그리고 상공은 왜인지 보라색으로 소용돌이치고 있었다.

"저 산은 '감옥산'이라고 하는데 해가 들지 않는 하루 종일 어두운 숲이야. 방향감각도 이상해져서 한 번 들어가면 좀처럼 빠져나올 수 없어. 으스스한데다가 마수가 잔뜩 있어서 위험하지만, 일단 산장은 있으니까…… 폐허지만."

"아니오! 여기가 좋습니다!!"

나와 미야비와 레이나는 셋이서 함께 고개를 붕붕 저었다. 그 모습을 보고 리제르 선배는 생긋 웃었다.

"후훗, 그럼 일단 짐을 둔 다음에 회의를 할 거야."

——그리하여 예정과는 상당히 달라졌지만, 여름 합숙이 시작되었다.

◇◇◇

각자에게 방을 배정하고 짐을 둔 다음, 넓은 거실에 집합했다.

"그럼 이 합숙의 목적을 설명할게."

리제르 선배가 선생님처럼 앞에 섰고, 우리는 바닥에 앉아 선배를 올려다보고 있었다.

……어째서인지 네이트도 끼어있는 게 신기한데.

이건 '러버즈'의 미팅이고 네이트는 '채리엇'의 마왕 후보다. 사이좋은 친구이긴 하지만, 말하자면 적이다.

정말로 괜찮을까? 그런 의문을 느꼈지만, 네이트는 이 별장의 주인이고 특훈 장소를 제공해주고 있기 때문에 함부로 대할 수도 없다. 무엇보다 리제르 선배가 신경 쓰지 않는 듯해서 우리도 굳이 언급하지 않았다.

"최종적인 목표는 유우토가 필살기를 마스터하는 거야."

"와~! 필살기!! 뭔가 엄청 뜨겁네!!"

미야비가 재미있어하며 섀도복싱을 하듯이 주먹을 앞으로 내밀었다.

"근데 리제르 선배, 그 필살기라는 건 구체적으로 어떤 건가요?"

선배는 허리에 손을 대고 망설이듯이 잠시 시간을 뒀다.

"'러버즈'의 고유마법이야."

……응?

나와 똑같은 의문을 느꼈는지 레이나가 손을 들었다.

"그렇지만 그렇지만, 오빠는 '힐링 · 러버즈'와 '인피니트 · 러버즈'라는 두 개의 고유마법을 가지고 있어요. 그런데도…… 말인가요?"

"그래. 세 번째 고유마법이야."

"엑~?! 그런 건 들은 적 없는데?"

미야비는 의심스러운 얼굴로 팔짱을 꼈다.

"그래, '인피니트 · 러버즈'도 유우토 이전에는 아무도 실현하지 못했어. 그래도 그 존재는 확실했지. 하지만 '러버즈'에는 아직 숨겨진 힘이 있어. 그 아르카나에는 아무도 본 적 없는 마법이 매장되어 있어."

난 가슴에 늘어뜨린 '러버즈' 아르카나를 손에 쥐었다.

알몸의 남녀가 마주 보고 있고, 그 안쪽에 축복하는 듯한 천사의 모습이 그려져 있다.

"아직 본 적 없는 마법이……."

"그런데 말이야~, 선배는 왜 그런 걸 알고 있는 거야?"

미야비 치고는 날카로운 지적이다.

"기업비밀이야."

"에~, 치사해~!"

"히메가미 가가 지금까지 연구를 계속해온 성과…… 라고 생각해둬."

"그렇구나~…… 아니! 그건 이유가 너무 대충이잖아!"

리제르 선배는 더 이상 설명할 생각은 없는지, 조용히 하라고 말하듯이 손뼉을 팡 쳤다.

"알겠어? 고유마법을 이러니저러니 하기 전에 그 고유마법을 끌어내기 위한 전제조건이 있어. 우선 첫 번째, 마력 상한을 끌어올리는 것."

원래 나는 평범한 인간이었던 만큼 대량의 마력을 쓸 수 없다. '인피니트 · 러버즈'로 마력을 만들어낼 수 있다고는 해도, 내 몸은 비유하자면 작은 컵이다. 마력을 쓸 수 있는 용량이 작은 것이다. 넘치는 마력을 전부 다 쓰지 못한다. 한편, 선배의 그릇은 양동이, 아니 욕조 정도일지도 모른다.

"하지만 체육대회 때 밝혀졌듯이 한 번에 큰 마력을 공급하면 유우토의 마력 상한치가 올라가. 그 효과를 이용해서 유우토가 더 강력한 마법을 쓸 수 있도록 만드는 거야."

확실히 그 일은 할 필요가 있다. 하지만 문제는 그 방법.
"그 말은…… '힐링 · 러버즈'를 한다는 거죠?"
"어, 어어…… 게다가 지금까지 해온 것보다 과격한 방법으로 할 필요가 있어."
리제르 선배는 볼을 물들이고 눈을 돌렸다. 그러자 미야비가 곧바로 놀렸다.
"우와~ 선배도 참 엉큼해~"
"어, 어쩔 수 없잖아! 아무튼, 목표치는 100,000이야."
10만?! 현재 마력 상한은 5만이니까 두 배로 만들어야 하는 것이다. 게다가 게임의 경험치처럼 착실하게 축적하는 것이 불가능하다.
얼마나…… 굉장한 짓을 해야만 하는 거냐…….
미야비도 '조금 덥네~'라는 말을 하며 빨개진 볼을 손바닥으로 부채질하고 있었다. 선배를 놀린 것도 사실은 부끄러움을 숨기기 위한 행동이었을지도 모른다.
레이나도 양손의 손끝을 맞대고 꼼지락대고 있었다.
"아으…… 오빠랑, '과격'한 짓…… 죄송해요, 엄마, 아빠. 오빠가 선배들이랑 야한 짓을 하지 못하도록 감시하라는 부탁을 받았는데…… 레이나는 나쁜 아이예요, 예요……."
그런 밀명을 짊어지고 있었던 거냐…… 레이나.
네이트만은 이해하지 못한 것처럼 어리둥절해 하며 고개를 갸웃했다.
리제르 선배는 볼을 빨갛게 물들인 채로 에헴 하고 작게 헛기

침을 했다.

"두 번째는 '인피니트 · 러버즈'를 사용할 때의 한계 시간을 늘리는 거야."

"'인피니트 · 러버즈'의 한계 시간을?"

"유우토, 현재의 한계 시간은 어느 정도야?"

내가 목에 늘어뜨린 '러버즈' 아르카나에게 리제르 선배가 한 질문을 하니——,

'현재의 권장 시간은 30초입니다.'

"——그렇대요. 끈질기게 버티면 좀 더 할 수 있을 것 같은데."

그렇다면 레이나의 핵을 교환했을 때는 상당히 무모한 짓을 했었구나…… 이제 와서 새삼스럽지만 등골이 오싹해졌다.

선배의 이야기로는 너무 무리하면 마술 회로가 과열돼서 전신의 세포가 끓어올라 죽는다고 하니 말이야…….

"그렇게 짧았구나…… 미안해. 내가 어리석었어……."

나는 당황해서 풀이 죽은 리제르 선배를 격려했다.

"아, 아뇨! 이렇게 쌩쌩하니까 문제없어요! 그리고 설령 말렸다고 해도 전 계속했을 거니까요…… 그보다 어떻게 하면 '인피니트 · 러버즈'의 한계 시간을 늘릴 수 있나요?"

"시간을 늘리려면 실제로 '인피니트 · 러버즈'를 몇 번이고 반복하는 수밖에 없어. 그렇게 체내의 마술회로의 강도를 높여가는 거야."

"알겠어요. 하지만…… 그렇다면 하루에 몇 번이나 할 수는 없겠네요."

"그때가 바로 '러버즈'의 마왕 후보의 강점을 발휘할 수 있는 때지."

리제르 선배는 한쪽 눈을 찡긋 감았다.

"'인피니트 · 러버즈'를 한 번 쓰면 그때마다 휴식을 하고 '힐링 · 러버즈'를 쓰는 거야. '힐링 · 러버즈'에는 마력을 나눠주는 동시에 치유하는 효과도 있어. 그렇게 하면 보통 마족의 몇 배나 되는 효율로 특훈을 할 수 있어."

네이트는 헤에 하고 감탄한 듯한 소리를 냈다.

"그런 게 가능하다니 대단해…… 근데 '힐링 · 러버즈'라는 건 어떤 걸 하는 거야?"

"그, 그건……."

다들 어색한 표정으로 눈을 돌렸다.

회의도 끝나고 드디어 특훈이 시작된다.

각자 수영복으로 갈아입고 바닷가로 출진.

……수영복?

"그럼 유우토. 선크림을 발라줄래?"

리제르 선배가 비치 매트 위에 누워 눈처럼 아름다운 등을 과시했다.

어라? 특훈은 어디 간 거야? 라는 생각이 안 드는 것도 아니었지만, 리제르 선배의 몸 앞에서는 사소한 문제였다.

게다가 눈 같은 피부를 녹이려는 듯이 여름의 햇볕이 가차 없이 내리쬐고 있다. 이 자외선으로부터 선배의 피부를 지켜야만 한다! 그런 사명감이 갑자기 내 마음속에 생겨났다!

그렇다! 이건 사명이다!!

"시, 실례합니다……."

마음의 소리는 힘찼지만, 실제 태도는 조심스러웠다. 난 선크림을 손바닥에 짜서 선배의 등에 살짝 펴 발랐다.

일단 등에 발라두고 다시 목덜미부터. 섹시한 목덜미와 얇은 목, 그리고 섬세한 어깨, 견갑골, 그리고 등뼈와 등 전체에 꼼꼼하게 발라나갔다.

"응…… 기분 좋아. 유우토는 바르는 걸 잘하네."

"가, 감사합니다."

칭찬을 받으니 갑자기 의욕도 솟아났다. 그건 그렇고 이렇게 정성 들여 선배의 피부를 어루만지는 건 처음일지도 모른다. 선배의 몸 구석구석까지 조사하는 듯한 기분이 들었다.

"안 바른 곳이 없도록 해야 해. 수영복 끈 아래도."

그런가, 끈이 제자리를 벗어나거나 하면 못 바른 부분이 햇볕에 탈지도 모른다. 나는 선배의 등을 가로지르는 하늘색 끈, 즉 비키니의 브래지어 아래에 손가락을 집어넣었다.

"아!"

그 순간 훅이 풀려버렸다. 브래지어의 끈은 매트 위에 손을 펼친 것처럼 풀어졌다.

"죄송합니다!"

선배는 당황한 나에게 여유롭게 웃으며 대답했다.

"괜찮아. 이렇게 엎드려 있으니까. 그리고 여긴 프라이빗 비치야. 봐서 곤란한 사람은 없어. 신경 쓰지 말고 계속해."

말은 그렇게 해도…… 가려주는 게 전혀 없는 등과 옆가슴에 눈길이 빨려 들어갔다. 눌려서 삐져나온 가슴이 그리는 매혹의 곡선. 나도 모르게 넋을 잃고 보고 있으니,

"유우토, 아래쪽도 부탁할게."

선배가 재촉하듯이 양다리를 파닥거렸다. 그 모습이 묘하게 귀여워서 평소에는 어른스럽고 뭐든지 실수하지 않고 처리하는 선배와 갭이 느껴져 몸부림칠 뻔했다.

"알겠습니다. 퀸의 분부대로 하겠습니다."

장난스럽게 대답했지만, 내 손은 허리 부근을 오락가락. 아무튼 거기서 더 나아가면 엉덩이의 산이 버티고 있다. 엉덩이를 넘기고 허벅지로 가야 하나? 하지만 그렇게 하면 엉덩이만 타서 부끄러운 상태가 돼버린다.

"정말…… 자, 빨리."

선배는 엉덩이를 살짝 들었다. 다시 말해서 OK라는 뜻이다.

확인을 받은 나는 과감하게 선배의 엉덩이의 산에 도전했다.

……굉장해, 폭신폭신해. 사람을 확실하게 못 써먹게 만드는 감촉을 즐기면서 수영복 아래에도 손가락을 살짝 넣어 경계에도 꼼꼼하게 발랐다.

그러는 사이에도 선배의 입에서 '흣♡'이라거나 '으응♡' 등의 색기 있는 목소리가 새어 나와서 가슴의 두근거림이 멈추지 않

았다. 엉덩이와 허벅지가 접하는 부분으로 다가가니 선배의 허리가 경련하는 것처럼 떨려 엉덩이가 부르르 떨렸다.

……무심코 기세를 타 경솔한 짓을 할 뻔했지만, 여기는 개방감이 넘치는 야외다. 아무리 프라이빗 비치라고 해도 자제해야 한다.

아쉽지만 엉덩이를 떠나 허벅지로. 늘씬하고 훌륭한 각선미에 보이지 않는 갑주를 장착하듯이 선크림을 두껍게 발라나갔다.

"좋아…… 이걸로 완벽——."

머리 위에 뭔가가 사뿐 떨어졌다.

"뭐지?"

머리 위에 얹혀 있던 것을 손으로 집어서 보니, 그것은 선배의 것과 똑같은 하늘색 비키니 브라.

"유우토오? 나도 발라줬으면 좋겠는데~♥"

뒤돌아보니 미야비가 엎드린 자세로 도발적인 웃음을 짓고 있었다. 가슴 자체의 무게에 눌린 가슴은 옆으로 삐져나와 그 용적을 자랑스럽게 과시하고 있었다. 그리고 브라는 자취를 찾아볼 수 없었다. 내가 쥐고 있으니 찾을 수 없는 게 당연했다.

"자자, 엉덩이도 바르기 쉽게 아래쪽도 잘~ 풀어뒀으니까."

미야비의 수영복은 옆으로 끈을 묶는 형태의 수영복인데 그 끈이 풀려있었다. 저건 디자인만 저렇고 진짜로 묶는 게 아닌 줄 알았는데!

"저기 저기…… 오빠?"

보니까 레이나도 선크림을 가슴에 안듯이 들고 서 있었다.

"아아, 레이나도 발라주면 좋겠어?"

레이나도 하늘색 비키니 차림이었다. 어깨 사이즈는 달라도 모두 똑같은 수영복을 입고 있는 것 같았다. 내 수영 팬츠도 하늘색이라서, 이렇게 되니 살짝 교복 같았다.

"아뇨! 레이나는 오빠한테 발라주는 거예요! 그게 여동생의 사명이예요, 예요!"

흥 하고 콧김을 거칠게 뿜으며 말하는 레이나의 결의는 굳은 듯했다.

특훈을 시작하기 전 단계가 꽤나 길어질 것 같은 예감이 들었다.

◇◇◇

겨우 선크림을 다 바르고, 특훈을 시작…… 해야 하는데──,

"물총……?"

모두 소총 형태의 물총을 들고 있었다. 플라스틱제 장난감이긴 하지만 의외로 강력한 녀석이다. 사거리도 10미터 이상이나 돼서 물총보다는 워터건이라 부르는 게 더 잘 들어맞는다.

"특훈…… 이죠?"

"모처럼이니까 즐기면서 하는 편이 좋잖아?"

빙긋 웃고는 워터건을 어깨에 짊어지는 리제르 선배. 그 포즈가 그럴듯했다.

"이건 특훈용으로 개조를 한 물건이야. 물을 쏘려면 마력을 쓸 필요가 있어."

"네?"

시험 삼아 방아쇠를 당겨봤지만, 확실히 꿈쩍도 하지 않았다. 하지만 손바닥을 통해 워터건으로 마력을 흘려 넣어 방아쇠를 당기자——,

"오우! 물이 나왔다!!"

모래사장에 물이 날아가 모래의 색이 짙게 변했다.

"유우토는 게임 중에 '인피니트 · 러버즈'를 계속 발동해. 힘들어지면 휴식이야. 너무 무리하지 마."

"알았어요!"

"그럼 팀을 나누자. 처음엔 모리오카 집안 팀 대 나와 미야비로 해도 될까?"

"알겠습니다! 힘내자, 레이나."

"네, 넷! 모리오카 가의 일원으로서 열심히 할게요, 예요!!"

모리오카 집안 팀이라는 말을 들은 게 어지간히 기뻤는지 레이나는 의욕이 가득한 미소를 지으며 주먹을 꼭 쥐었다.

참고로 레이나는 마계의 공식적인 등록상으로는 지금도 코이와이 가의 일원으로 되어 있다. 그렇게 하지 않으면 마왕학원에 다닐 수 있는 자격을 잃어버린다는 사정이 있기 때문이다. 그래서 학원에서는 지금도 코이와이 레이나. 그리고 마계와 관련이 없는 곳에서는 모리오카 레이나라고 이름을 대고 있다.

"그럼, 간다!"선배와 미야비가 워터건을 쥐었다.

"좋아! 부탁한다 '러버즈' 아르카나! '인피니트 · 러버즈'!!"

내 몸속에서 마술 회로가 구축되어 마력이 속속 넘쳐흘렀다.

그 마력을 물처럼 워터건으로 흘려보내 방아쇠를 당겼다.

총구에서 물이 용솟음쳤다. 시험 삼아 위를 향해 쐈는데, 절묘하게 미야비의 얼굴에 포물선을 그리며 쏟아졌다.

"앙~♥ 맞아버렸어~."

맞아도 물이라서 미야비도 신나서 떠들었다.

"좋아! 비거리는 충분!"

이번에는 똑바로 조준했다. 그리고 물의 탄환은 훌륭하게 미야비의 커다란 가슴에 명중. 고압의 물줄기는 미야비의 중량급 가슴을 흔들었다.

"가슴을 노리다니, 유우토는 변태…… 어라? 색이 변했네?"

미야비의 비키니 브라의 색이 하늘색에서 노란색으로 변해 있었다. 질문을 하는 듯한 시선으로 리제르 선배를 바라보니,

"게임하는 감각으로 훈련할 수 있도록 부탁해뒀어. 파란색에서 노란색, 빨간색으로 변해. 빨간색이 된 상태에서 공격을 받으면 지는 거야."

그래서 모두 디자인이 똑같은 수영복을 입고 있었던 건가.

"그렇구나~! 그럼, 반격 간다~!!"

미야비가 반격해왔다. 이쪽의 탄이 닿는다는 것은 상대의 탄도 닿는다는 뜻이다. 미야비의 워터건에서 발사된 물이 멋지게 고간에 맞았다.

거리가 있어서 별일 없었지만, 지근거리에서 맞으면 좀 위험하다. 급소니까.

"그렇게 쉽게 안 맞는다고!"

모래사장을 뛰어다니며 워터건을 난사했다.

환성을 지르거나 웃으면서 서로 물을 쏘아대는 모습은 여름의 레저 그 자체였다. 솔직히 엄청 즐거웠다. 이런 특훈이라면 대환영이다.

하지만 금방 머리가 아파지고 숨이 막혔다. 30초 정도밖에 유지가 안 되니 당연하지만, 지금부터 버텨야 한다. 몸속의 마술회로를 철저하게 단련하는 것이다.

그런 나를 노리듯이 리제르 선배가 워터건을 한 손에 들고 다가왔다.

"후훗, 벌써 한계야? 유우토."

나는 이를 꽉 깨물고 방아쇠를 당겼다.

"아뇨! 아직이에요!!"

하지만 선배는 내가 쏜 물을 회피했고, 역으로 선배의 물이 내 고간에 명중했다.

나는 리제르 선배의 실력에 놀랐다.

군더더기 없는 적확한 사격으로 나와 레이나의 수영복을 순식간에 빨갛게 물들여버렸다. 다들 노는 와중에 혼자만 진지한 느낌이라 해야 할까…… 아니, 리제르 선배도 웃고 있지만, 미소를 띠고 비길 데 없이 정확한 사격을 하는 점이 무섭다고 해야 할까 뭐라고 해야 할까.

"크……."

나도 모르게 발이 멈추고 무릎을 꿇었다. 즐거웠던 기분이 날아가고 그저 괴로웠다.

젠장, 아무래도 이제 한계인가……?!
"잡았다! 유우토!!"
승리를 확신한 미야비가 나를 향해 방아쇠를 당겼다.
"오빠!"
순간적으로 레이나가 내 앞을 막아섰다. 레이나의 수영복은 이미 빨간색이다.
"햐앗!"그 가슴에 물을 맞았다.
레이나의 희생은 헛되이 하지 않겠어!
"받아라, 미야비!"
미야비의 브래지어도 빨갛게 물들어 있었다. 거기에 나의 혼신의 일격이 명중했다. 딱 왼쪽 가슴 끝부분에 물을 맞고 가슴이 휘어졌다.
"앙! 싫어~! 맞아버렸어!"
아쉬운 듯이 탄식하는 미야비. 그리고 브라가 녹아서 가슴이 출렁 앞으로 튀어나와— 어?
"어라?"
"하와와와?!"
뒤돌아본 레이나의 브라도 녹아내려 있었다.
"리제르 선배…… 이, 이건."
"모, 몰라. 난 졌다는 걸 알 수 있게 해두라고 발주했는데……."
미야비가 당황한 리제르 선배의 가슴에 총구를 겨누고 연사했다.
"꺄악?!"

완벽한 전술을 자랑하던 리제르 선배의 수영복이 순식간에 레드존을 넘어 소실되었다.

"……확실히 이건 분명하게 알기 쉬울지도."

"미! 미야비!! 게임은 이미 끝났잖아!"

"그렇지만 나만 벗겨지는 건 뭔가 쳇~ 이라는 느낌이잖아? 그리고……."

미야비는 번쩍이는 눈으로 나를 봤다.

"유우토만 무사한 것도 따돌림받는 것 같아서 훌쩍훌쩍한 느낌이지?"

완전히 사냥감을 노리는 눈이다. 그리고 옆에 있는 리제르 선배도…… 눈빛이 변했는데?!

"유우토…… 아, 아니, 딱히 보고 싶은 건 아니야. 이건 특훈이니까!"

으억?! 이미 한계를 맞은 지금 추가로 연장전을?!

비틀거리면서도 어떻게든 일어섰다.

이미 한계라고 생각한 시점부터가 시작이라고 헬스 관련 뭔가에서 본 것 같다!

"아직이다아아아아아!!"

'인피니트 · 러버즈'를 발동해서 워터건에 마력을 보냈다. 그리고,

——나는 의식을 잃었다.

"……어라?"

끝없이 펼쳐진 초원.

구름이 떠 있는 물빛 하늘.

평평한 지평선 저편에 붉은 산이 보였다.

나는 잔디밭 위에 홀로 우두커니 서 있었다.

"……."

——여긴, 어디지?

목가적인 풍경인듯하지만 어딘가 이상했다.

자연으로 넘치는데 어딘가 직선적이고 인공적이다. 마치 무대 장치용 배경 그림 속에 들어온 것 같았다.

멀리 보이는 산도 아주 가까이에 있는 것처럼 느껴지기도 하고, 아득한 저편에 있는 듯한 느낌도 들었다.

나는 모래사장에서 특훈을 하고 있었을 것이다. 하지만 바다는 어디에도 없었다.

혹시, 이것도 특훈의 일환?

하지만 기억이 정확하다면…… 난 미야비에게 대항하려다가 너무 무리해서 정신을 잃었을…… 것이다. 그렇다면 이건 꿈인가?

꿈속에서 꿈이라고 생각하는 것은 상당히 희귀한 일이다.

자는 동안에 꿈을 꾸는 건 기억이 정리되는 영향을 받기 때문이라는 걸 들은 적이 있다. 하지만 이런 광경은 전혀 본 적이 없다.

'모리오카 유우토.'

——?!

돌아보니 은발의 소녀가 있었다.
그리스 신화에 나올법한 하얗고 심플한 드레스를 몸에 걸치고 있었다.
"아니……."
어느 틈에?
그런 의문도 그 소녀의 미모에 깨끗이 사라졌다.
이 소녀는, 인간…… 인가?
아니다.
근거는 없었다. 하지만 마음속으로 단언했다.
인간치고는 너무 아름답다.
부드러운 금속 같은 은색 머리칼도, 반짝이는 금색 눈동자도, 속이 비쳐 보일 것 같은 하얀 피부도, 그 모든 것이 터무니없이 아름다워서 강렬한 인상을 줬다.
그런데도 어딘지 덧없었다.
마족일까.
하지만 그 순간에 떠오른 말은 정반대의 말이었다.
——천사.
——혹은 여신.
"넌……?"
'내 이름은, 자인.'
——자인?
"저기, 자인…… 넌 누구야? 그리고, 여긴……."
'여긴 나의 세계.'

"너의, 세계?"

'그리고 내가 누가 될지는, 네가 하기 나름.'

……잘 모르겠다.

"수수께끼 같은 대답이다."

자인은 희미하게 미소지은 채로 표정을 바꾸지 않았다. 따뜻하게도 차갑게도 느껴지는 신기한 미소였다.

'전 계속 기다리고 있어요. 제가 해방되어 제가 자기 자신이 될 수 있는 날을.'

난 주위를 다시 둘러봤다.

"여기에 갇혀있다는 것처럼 말하는데…… 여긴 네 세계잖아?"

'네.'

무슨 말을 하고 싶은 건지 잘 모르겠다.

하지만 이게 꿈이라면 딱히 신기하진 않다. 꿈에 논리를 바라는 게 잘못이다.

'모리오카 유우토, 당신이라면 절 해방해줄 거라 믿고 있어요.'

여전히 듣기 좋고 기분 좋은 목소리. 담담하게 이야기하는 것 같으면서도 어딘가 신비한 친근감을 느꼈다.

이런 식으로 말하는 걸 항상 들었던 것 같은데……?

"해방이라니…… 도와줄 수 있다면 그렇게 하고 싶은데. 어떻게 하면 돼?"

'그 답은 당신 속에 잠들어 있습니다.'

"어……?"

'꿈과 희망'

——뭐?

'그것이 당신의 가능성입니다.'

"자, 잠깐만."

'그것을 이루기 위해 진심으로 저를 갈구할 때, 저는 응답할 수 있습니다.'

꿈이나 희망 같은 그런 낯간지러운 말이 나올 줄은 몰랐다. 초등학교의 도덕 수업 같다.

'전 스스로 꿈을 품을 수 없습니다. 타인이 필요로 해야 비로소 저도 꿈과 희망을 품을 수 있습니다.'

그건…….

"좀 쓸쓸하네."

처음으로 자인의 표정에 변화가 있었다. 거의 알아차릴 수 없는 수준, 어쩌면 기분 탓일지도 모르지만 그래도 살짝 웃은 것처럼 보였다.

……어째서일까.

자인과는 전에 만난 적이 있는 듯한 느낌이 든다.

어디서?

"내기를 할까요?"

뒤에서 여자아이의 목소리가 났다.

이 목소리…….

돌아보니 거기에 유치원생 정도의 작은 여자아이가 있었다.

하지만 어른스러워서 귀엽다기보다는 미인이라는 표현이 딱 맞았다.

"리제르…… 선배?"

이 얼굴, 아름다운 흑발, 틀림없다. 리제르 선배다.

갑자기 젊어진 듯한…… 아니, 선배의 옛날 모습인 것 같은데.

크고 푸른 눈동자가 나를 가만히 올려다보고 있었다.

"유우토, 넌 10년 뒤에도 지금과 똑같을 수 있어?"

"……어라?"

왜 비치파라솔 아래에 누워있는 거지?

그리고 뒤통수가 굉장히 기분이 좋다고 해야 할까…….

"정신이 들어?"

시야에 비키니에 감싸인 가슴이 들어왔다. 그 가슴 너머로 리제르 선배의 얼굴이 나타났다.

……그렇다는 건…… 이건, 선배의 무릎베개?!

"죄, 죄송해요…… 저."

일어나려는 몸이 좌우에서 눌렸다.

"아직이야~. 얌전히 있어."

"조금만 더 있으면 팔팔해져요, 예요."

왼쪽에 미야비, 오른쪽에 레이나가 나에게 달라붙어 몸을 비비고 있었다. 촉촉한 피부가 착 달라붙는 것 같아서 굉장히 기분이 좋았다.

"전 얼마나 기절해 있었나요?"

"겨우 10분 정도야."

"그런가요……."

"실전이라면 치명적이지만."

……윽. 말씀대로입니다.

"이제 막 놀기 시작했는데 철푸덕~ 했는걸. 정말~ 깜짝 놀랐다고."

미야비는 깔깔 웃으면서 탄력이 엄청난 가슴을 돌리듯이 밀어붙이고 있었다.

확실히 사용할 수 있는 시간이 짧다고 해도 너무 짧다. 어떻게든 오래 쓸 방법은 없는 걸까……?

"그래. 탄을 쏠 때만 '인피니트 · 러버즈'를 쓰도록 하는 건 어떤가요?"

좋은 아이디어라고 생각했지만, 선배는 깔끔하게 기각했다.

"아니. 연속으로 가동하지 못하면 소용이 없어."

소용?

그렇게 말하는 것이 묘하게 신경 쓰였다.

"그 말은 제가 습득할 필살기는 연속으로 마력을 쓸 필요가 있다…… 그 말인가요?"

"반드시 그렇진 않지만, 그렇게 하는 편이 안심이야."

……?

리제르 선배는 뭔가 생각하는 마법이 있는 듯했다.

"제 필살기는 어떤 건가요?"

"그건 가르칠 수 있는 게 아니야. 유우토 스스로 찾아야만 해."

다시 말해서 스스로 고안해내라는 말인 걸까?

"그보다 회복상황은 어때?"

가슴에 늘어뜨린 아르카나에게 물어봤다.

'마술 회로의 회복상황, 현재 80%. 고유마법 가동 가능.'

"전부 회복된 건 아니지만, 할 수 있을 것 같아요."

"그럼 한 번 더 하자. 일어날 수 있어?"

미야비와 레이나가 몸에서 떨어진 뒤에 나는 몸을 일으켰다.

"근데 리제르 선배 대단했어요. 조준도 정확하고 백발백중이라고 해야 할까요."

"이런 건 자신 있어. 총은 전문이 아니지만."

전문?

"그럼 시작할까. 또 나한테 벗겨지지 않도록 해."

"열심히 하겠습니다!!"

문득 나도 새 수영복을 입고 있다는 것을 깨달았다. 누가 갈아입혀 줬는지 신경 쓰이긴 했지만…… 물어볼래야 물어볼 수 없었다.

그 뒤로 팀 멤버를 바꿔서 몇 게임인가 했는데, 어쨌든 리제르 선배가 있는 팀이 이겼다. 나는 매 게임마다 쓰러졌고 그때마다 무릎베개&안겨서 치유받기를 반복했다.

왠지 모르게 한심하다는 생각도 들었지만, 이게 특훈 메뉴의 예정대로라면 어쩔 수 없다.

하지만 몇 번인가 반복하는 사이에 다들 아무래도 지쳤는지 비치 매트 위에 사이좋게 나란히 축 늘어졌다.

그때 사박사박하는 모래를 밟는 발소리가 다가왔다.

"다, 다들…… 수고했어."

고개를 드니 가까이에 네이트가 서 있었다. 손에 든 쟁반에는 얼음이 들어간 주스와 싱싱한 과일이 있었다.

"고마워, 네이트. 왠지 미안하네."

하지만 네이트는 고개를 젓고 테이블에 쟁반을 뒀다.

"손님이니까……."

리제르 선배도 일어나서 요염한 동작으로 머리칼을 쓸어올렸다.

"너무 배려해주지 않아도 괜찮아. 안 그래도 무리한 부탁을 했으니까."

네이트는 미소를 지은 채로 비치 매트 위에 앉았다.

"그럼, 그 대신…… 견학해도 돼?"

끼고 싶은 듯한 눈길로 봤다——고 코멘트를 달고 싶어지는 표정이었다.

기대하는 눈빛이 리제르 선배를 지그시 바라봤다.

"그건…… 상관없지만……."

리제르 선배는 약간 고민하는 듯한 몸짓을 했다. 당연하다. 그도 그럴 게 다음 특훈을 시작하기 전에 나를 '힐링 · 러버즈'로 회복시켜야만 하기 때문이다.

그 표정을 보고 착각했는지 네이트는 쓸쓸하게 웃고는 일어섰다.

"그렇지…… 난 적이니까. 무리한 부탁을 해서 미안해."
"잠깐만! 그, 그런 게 아니야. 설명하기 어려운데……."
눈을 감고 입을 꾹 다물고 고민하는 선배. 하지만 결심한 것처럼 눈을 떴다.
"좋아. 거기서 보고 있어…… 아니, 봤으면 해. 네이트는."
선배의 말에 네이트의 얼굴이 확 밝아졌다.
"고, 고마워…… 리제르."
"알겠어? 지금부터 하는 것은 '러버즈'의 고유마법 '힐링 · 러버즈'. 우리의 마력을 유우토에게 나눠주는 동시에 몸과 마술 회로를 회복시키는 의식이야. 어디까지나 마법이야. 착각하지 마. 그것만큼은 잊지 말았으면 좋겠어."
"으, 응?"
조금 이상하다는 듯이 고개를 갸웃하는 네이트.
정말로 괜찮을지 걱정하면서도 우리는 '힐링 · 러버즈'를 시작했다.
선배와 미야비는 비키니의 브라를 끌렀고, 레이나도 어깨끈을 끌러서 나에게 몸을 붙였다. 선배의 입술이 내 목덜미에 닿았고, 미야비의 손가락이 적극적으로 내 하반신으로 뻗었다.
"……."
네이트는 두근거리는 미소를 지은 채로 굳어 있었다.
그 얼굴이 새빨갛게 물들어가고 땀이 흘러내렸다. 눈이 빙빙 돌기 시작하니 역시 걱정이 되었다.
"괘, 괜찮아? 네이트."

그렇게 말을 건 순간,

“꺄아아아아아아아아아아아아아아아아아아아아아아아아악!!”

비명을 지르더니 날쌔게 도망쳤다.

모래 먼지를 일으키며 훌륭한 폼으로 모래사장을 질주했다. 그 모습은 그야말로 ‘탑 러너’. 맨몸으로도 정말 빨랐다.

다들 쓴웃음을 짓고 달아나는 네이트를 지켜봤다.

“아하하…… 네이트한테는 자극이 너무 셌나~. 갑자기 쨍! 했다는 느낌이었지.”

“왠지 레이나도 부끄러워요, 예요…….”

저런 평범한 반응을 보면 굉장히 부끄러운 짓을 하고 있다는 사실을 상기하게 된다. 요즘 우리도 감각이 마비되기 시작했으니 말이지…….

하지만 리제르 선배는 진지한 눈빛으로 네이트가 달아난 방향을 바라보고 있었다.

“……가능성은 있는 것 같네.”

“? 무슨 얘기인가요.”

“아냐, 아무것도 아냐. 그보다 마저 하자.”

선배는 내 머리를 끌어안아 풍만한 가슴에 파묻었다.

……덕분에 내 의문도 날아가 버렸다.

그리고 밤.

이 합숙의 또 하나의 목표, 마력 상한을 올리는 특훈 시간.

주변은 캄캄했고 바다에 떠 있는 오두막에만 불이 켜져 있었다. 마치 바다에 떠 있는 호화 여객선 같았다. 방의 창문을 열고 발코니에 나왔다. 그 앞에는 수영장이 있었고 분위기 있는 간접 조명이 풀 사이드와 물속에 밝혀져 있었다.

나는 발코니에서 풀 사이드로 내려왔다.

수영 경기용이 아닌, 어디까지나 놀이용 수영장. 가로세로로 대략 10미터 정도일까.

"……아직 아무도 없네."

수영장에 오라는 선배의 지시가 있었지만 아무도 없었다.

먼저 살짝 수영해볼까?

낮에는 바다에 들어가긴 했지만, 계속 놀아서── 아니, 특훈을 해서 헤엄칠 여유도 없었으니. 육지 쪽에는 집처럼 보이는 빛도 보였지만, 먼바다 쪽을 보면 정말로 캄캄했다. 하늘에 반짝이는 별이 중간에 오려낸 것처럼 모습을 감췄다. 아마도 저기가 수평선.

낮에는 푸른 바다였지만 지금은 까맣다. 문득 죽었을 때 나타나는 검은 늪을 떠올리고 등줄기가 오싹해졌다.

안 그래도 밤바다는 무서운데 여기는 마계의 바다다. 무슨 일이 일어날지 모른다.

처음 봤을 때는 주위에 바다가 있는데 왠 수영장? 이란 생각을 했지만, 역시 있어서 나쁠 건 없다.

"기다렸지, 유우토."

기다리던 선배의 목소리. 낮에는 트레이닝용 수영복이었는데 밤에는 과연── 어?!

"어, 어때?"

선배는 수줍어하면서 허리를 배배 꼬았다.

수영복이라기보다는 파란색 V자 형태의 끈.

이건 분명 슬링샷 수영복이라 불리는 물건이 아닌가?!

어리둥절해 하는 나를 보고 선배는 실수를 저질렀다는 듯이 머리를 싸맸다.

"아아…… 나도 참. 역시 너무 갑작스러웠나……."

"아, 아뇨! 멋져요! 아름다워요!!"

"그, 그래?"불안해하는 얼굴에 기뻐하는 미소가 섞였다.

"네. 정말이지 포상이 아닐 수가 없어요!"

"그래, 다행이다……."

머리카락을 쓸어올리며 안심한 미소를 보였다. 그 표정은 한없이 가련했다. 몸은 심상치 않을 정도로 음란한데.

그리고 팔을 올리는 동작만으로도 가슴이 삐져나올 것만 같아서 눈을 뗄 수가 없었다.

헤엄을 치면 분명 젖꼭지가 삐져나올 것이다. 아니, 아마 몸을 틀기만 해도 아웃이다.

가슴 끝을 살짝 가리는 것만으로도 아름다운 가슴의 곡선을 생생하게 감상할 수 있다. 그리고 낮에 꼼꼼하게 선크림을 발라 지켜낸 하얀 피부.

꽉 조여진 허리와 예쁜 배꼽. 그 아래에 경이로운 각도로 파인 수영복이 빨려 들어가고 있었다.

가슴뿐만 아니라 그 부분도 움직이기만 해도 이래저래 삐져나올 것이 틀림없다. 보는 나도 조마조마함과 두근거림이 멈추지 않는 얌전하지 않은 수영복이다.

선배도 그런 나의 시선을 받는 것만으로도 볼이 상기되고 숨이 거칠어졌다.

“정말…… 시선이 야해. 유우토도 참♥”

나무라는 말투였지만 목소리 속의 희열은 숨기지 못했다.

“그렇지만 선배가 그렇게 야하게 입고 있어서 그런 거예요. 그렇게 입으면 눈을 뗄 수가 없게 돼버리잖아요.”

“앙……♥”

손대지도 않았는데 선배는 몸을 감싸고 허리를 떨었다.

“후후, 못된 아이구나…… 유우토.”

리제르 선배의 표정은 이미 발정한 것처럼 녹아내려 있었다. 눈동자에는 음란한 행위에 대한 기대와 욕망이 반짝이는 듯했다.

“그러고 보니, 미야비와 레이나는 아직인가?”

선배는 그렇게 부자연스럽게 뒤돌아봤다. 그 뒷모습을 보고 코피가 나올 뻔했다.

가리는 게 거의 없었다. 엉덩이가 갈라진 부분에서 체면치레나 할 정도의 끈이 V자 형태로 뻗어있을 뿐. 등은 긴 흑발에 금방 가려졌지만, 예쁜 엉덩이는 아낌없이 드러나 있었다.

“후후후♪”

어깨 너머로 날 바라보며 웃음 짓고 있었다. 그리고 보란 듯이 엉덩이를 흔들었다.

이런 걸 보고 흥분하지 않는 것은 불가능하다.

'마력 상한이 55000으로 상승했습니다.'

바로 아르카나의 보고가 올라왔다.

"선배, 역시 대단해요! 상한이 5000 올랐어요!"

"어머…… 아직 수영복을 입은 모습을 보여주기만 했을 뿐인데…… 곤란하네. 후훗♪"

기분이 엄청 좋은 '러버즈'의 퀸이었다.

"하지만 이제부터가 진짜――."

그때 분위기를 깨부수는 활발한 음악이 울려 퍼졌다.

"뭐?! 뭐지?!"

빠른 템포의 퍼커션. 활기차고 격렬한 곡은 남미 분위기를 냈다. 무슨 말을 하는지 이해는 안 되지만, 달려 나가는 것처럼 신나는 노래.

이건, 리우의 카니발 같은 것의…… 삼바였나?

"햣호~!!"

기묘한 소리를 지르며 엄청나게 화려한 새가 나타났다.

아니, 머리와 등에 빨간색과 금색 날개를 단 미야비였다.

거기에 가슴 끝과 사타구니 사이를 아주 살짝 가리기만 한 금색 비키니―― 아니, 잘 보니 비키니조차 아니었다. 그냥 스티커다. 금빛으로 빛나는 스팽글이 아로새겨진 별모양 스티커 붙어있었다.

"자~ 여름 합숙의 분위기를 뜨겁게 만들어보자~! 유우토도 춤추자~!!"

미야비는 높은 하이힐을 신고 있는데 요령 좋게 격렬한 춤을 췄다.

그 움직임에 맞춰서 스팽글이 반짝거리며 빛을 반사했다. 그 모습은 정말 눈이 어지러울 정도였다.

그래도 뚫어져라 쳐다보고 마는 남자의 천성.

"어때? 내 댄스! 브라질에서도 아사쿠사에서도 통할 거야! 분명!!"

"절대로 하지 마! 이런 걸 사람들에게 보여줄 순 없잖아?!"

우리밖에 없으니까 괜찮지만…… 아니, 그래도 역시 과하다!

춤에 맞춰서 출렁출렁 흔들리는 가슴. 그리고 등에 달린 날개를 흔들려고 하니 엉덩이가 탱글탱글 떨렸다.

뭐랄까, 야하다. 아무튼 엄청 야하다.

애초에 미야비의 몸이 야한데, 이 현란하고 호화로운 코스튬과 화려한 춤이 그 야함을 잘 드러나게 하고 있었다.

"그보다 넌 이런 걸 캐리어에 넣어서 온 거냐?! 짐이 늘어난 건 어머니가 드레스를 챙겨줬기 때문이 아니라, 아무리 생각해도 이게 원인이잖아?!"

"아하하하, 그렇지만 선배가 숙제라고 했으니까! 기합을 빡 넣고 왔지! 휴~루루루루루루루루루!!"

엄청 신난 상태다.

분위기를 타고 흔드는 가슴이 한층 더 크게 앞뒤로 흔들렸을 때, 끝부분에 달라붙어 있던 스티커가 마침내 날아갔다.

"어이?!"
미야비의 핑크색 젖꼭지가 망막에 새겨졌다.
"아하하…… 떨어져 버렸네~."
"좀 가려!"
"음~, 하지만 본고장의 카니발은 가슴을 다 내놓은 사람도 많고…… 유우토라면 봐도 좋은데…… 그리고 우리 이번 여름에는 과격한 밤을 보낼 거잖아?"
"으……."
탄력 있고 보기만 해도 맛있어 보이는 미야비의 가슴. 내가 지그시 보고 있다는 걸 의식해서 시선만 위로 두고 쳐다보면서 유혹하듯이 미소 짓고 있었다.
한편 리제르 선배는 엄청 떨떠름한 표정을 짓고 있었다. 무섭다. 지금은 진지하게 마력 상한을 올리는 걸 생각하고 있다고 어필해둬야 한다.
"아~ 미야비? 분명 과격한 행위를 하는 건 특훈의 일환이지만…… 노는 게 아니라고."
"엥~ 그렇지만 흥분되잖아?"
미야비는 그 자리에서 빙글 돌았다.
……확실히 이 코스튬은 미야비의 야한 몸을 더욱 끌리게 해주었다. 하지만 이런 의상 같은 것으로 마력 상한이 올라갈 리가――,
'마력 상한이 60000으로 상승했습니다.'
크…… 분하다! 하지만 올라간다!!

──응? 잠깐만.

"숙제라니…… 혹시 레이나도?"

"맞아~. 그럼 다음은 레이나네. 음악 꺼도 괜찮아~"

"아, 알겠어요, 예요."

방 안에서 레이나가 대답했다. 아무래도 BGM담당은 레이나인 듯하다.

"두 분처럼 멋진 의상은 아니지만……."

음악이 멈추고, 방 안에서 나타난 레이나의 모습은──,

하얀 미니── 훈도시 차림이었다.

──레, 레이나아아아아아아아아아아아아아아?!

"에헤헤…… 예산이 좀 없어서 남은 천으로 만들 수 있는 걸로 만들었어요, 예요."

부끄러운 듯이 웃고 있지만, 분명 부끄러워하는 포인트가 다를 것이다.

"훈도시는 옛날부터 전해지는 사무라이의 정장이었다고 들었어요. 레이나도 검을 다루는 자로서 몸과 마음이 바짝 긴장돼요, 예요."

아니, 진짜로 긴장하고 있네……. 그리고 예산이 없다고 말한대로 최저한의 면적. 오히려 초 하이레그 T팬티에 천을 약간 끼운 느낌…… 이 아닐까?

가슴에는 흰 무명천이 겨우 둘려 있었다.

평소에는 팔에 감고 있는 물건이다. 그 끝부분이 팔랑팔랑 휘날리고 있었다.

응?

어떻게 봐도 풀어지려 하고 있었다.

"저기…… 어떤가요? 오빠."

수줍어하면서 다가오는 레이나. 내 앞까지 왔을 때는 무명천이 전부 풀려 풀 사이드에 떨어졌다.

부풀어 오르기 시작한 레이나의 가련한 가슴. 그리고 천진난만한 웃음이라는 배덕의 더블 펀치. 게다가 지금은 남매라는 금단의 옵션 포함.

"레이나…… 그, 무명천이……."

"헤?"

레이나는 고개를 숙여 자신의 가슴과 대면했다.

"아, 아와와와왓!"

얼굴을 새빨갛게 물들이고 양손으로 가슴을 가렸다.

음, 오랜만에 우연히 레이나의 야한 모습을 봐서 오빠는 안심했다고.

그런 바보 같은 생각을 하고 있으니,

사라락,

하고, 이번에는 훈도시가 풀려서 떨어졌다.

"흐햐냐아아아와와아와아와아와와와와와와!!"

아무래도 봐서는 안 되는 부분이라는 느낌이 들었지만―― 늦었다.

우연히 보여주는 야한 모습으로 공격할 줄이야, 역시 내 동생이다.

'마력 상한이 70000으로 상승했습니다.'

……일단 특훈은 순조로운 것 같았다.

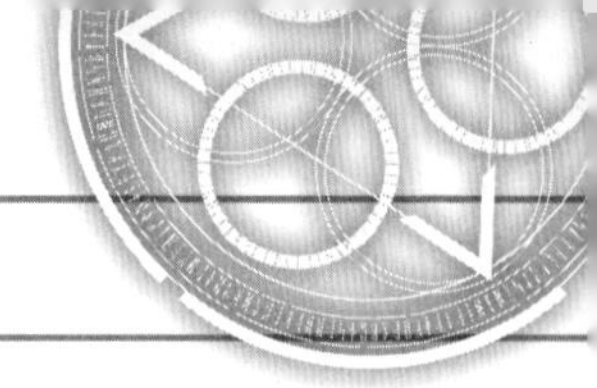

제2장

리조트 러버즈

그 후에도 합숙의 나날이 이어졌다.

메뉴는 워터건 뿐만 아니라 다양하게 있었다.

예를 들면 바다 위에 부표 같은 큰 섬을 몇 개인가 띄워 그 위에서 대련을 한다. 바다에 떨어지면 지는, 마치 버라이어티 방송 같은 특훈이다.

"자아~, 한 수 가르쳐줘볼까!"

기분 좋은 웃음을 짓고 손가락으로 우득우득 소리를 내는 미야비. 뭐, 격투계라면 미야비지.

그리고 난 웃기게 바다에 떨어졌다.

'인피니트 · 러버즈'를 계속 쓰고 있어서 마법의 위력은 충분할 터인데, 미야비가 잘 받아넘기고, 피하고, 반격을 했다. 이쪽의 힘이 빠졌을 때를 정확하게 찔러왔다.

발을 디딘 곳이 불안정한 것도 있어서 파워를 다 살리지 못했다. 게다가 다루는 마력이 늘어나서 마법의 병렬처리가 오히려 힘들어진 것도 있었다.

"우오오오오오오…… 오?!"

미야비는 내 펀치를 포박하듯이 팔을 감아 아주 간단하게 내 몸을 바다에 내던졌다. 나는 수면으로 떠올라 헤엄쳐서 미야비가 있는 부표까지 돌아갔다.

"미야비, 뭔가 실력을 올렸다는 느낌이 드는데……."

반응속도나 동작의 예리함은 물론이고 '바리카데'나 '알마드', '맥시마이즈' 같은 기본적인 마법을 사용하는 것이 능숙해졌다.

미야비는 바다에 떨어진 날 끌어올리면서 자신만만한 미소를 보였다.

"에헤헤, 이비자랑 싸웠을 때 '갸루틱 · 스트라이커'를 익혔으니까 뭔가 눈이 뜨였다고나 할까, 몇 단계인가 수준이 올라갔다는 느낌이 든단 말이지~"

"그런가…… 하나의 계기가 큰 진보를 낳는 경우가 있지. 나도 그 말을 들으니 용기가 생기네."

"뭐, 유우토 덕분이지만 말이야! 체술이라면 아직 유우토한테 뒤처질 일은 없으니까! 팍팍 가르쳐줄게!"

그렇게 말하며 거대한 가슴을 펴니 상하로 격하게 튀었다. 눈이 자동으로 추적해버리는 것은 조건반사와 같은 것이라 멈출 수 없다.

"그럼 한 판 더 할래?"

"좋지. 이번에는 미야비를 바다에 빠뜨려——."

'경고. 이 이상의 「인피니트 · 러버즈」의 연속 사용은 위험합니다.'

"이런…… 아르카나의 닥터 스톱이다."

난 목에 늘어뜨린 '러버즈' 아르카나를 손에 쥐고 바라봤다. 언제나처럼 체인이 달린 케이스에 넣어뒀는데, 이번에는 방수가 되는 케이스다.

몇 번인가 무모한 짓을 해서인지 진짜로 한계가 오기 전에 아르카나가 경고하게 되었다. 눈치가 빠르다고 해야 할지. 고마운 일이다.

나를 마왕 후보로 선택해준 아르카나.

왜 아르카나가 의지를 가지고 나를 선택했는지는 아직도 잘 모른다. 게다가 보통은 아르카나의 목소리 같은 건 들리지 않는다고 한다. 나한테는 목소리가 들릴 뿐만 아니라, 세심하고 우수한 집사나 메이드 같은 인상을 주는데.

"그래도 꽤나 오래 쓸 수 있게 된 거 아냐?"

"그렇네…… 안정적으로 쓸 수 있는 시간은 아직 50초 정도지만."

"그럼 모래사장으로 돌아가자. 거기서…… 내가 잔뜩 치유해줄 테니까."

볼을 붉히면서 어리광부리는 듯한 눈빛으로 그런 말을 하니 조금 부끄러웠다.

요즘 밤에는 여러 가지 의미로 다른 사람에게 말할 수 없는 '힐링 · 러버즈'를 하고 있어서, 뭐랄까…… 모두와 친밀해졌다는 느낌이 들었다.

"그, 그렇네. 그럼 해변까지 경주다."

부표를 차고 바다로 뛰어들었다.

"앗! 잠깐, 하아아앗!"

부표가 크게 기울어 미야비가 바다에 빠졌다. 오늘의 첫 승리였다.

◇◇◇

——이런 느낌으로 낮에는 바다에서 격렬한 특훈을 이어갔다.

물론 제삼자가 보면 놀고 있다는 생각밖에 안 들겠지만…… 그래도 나의 '인피니트 · 러버즈'의 한계 시간은 서서히 늘어나고 있었다.

그리고 밤이 되면 제2라운드 개시. 매일 밤 자극적인 플레이를 하여 마력의 상한치를 올리는 특훈. 이쪽도 어떻게든 85000까지는 늘리는 데 성공했다. 하지만 목표인 100000까지는 얼마 안 남은 것 같으면서도 갈 길이 멀었다.

그러고 보니—— 첫날에는 네이트가 '힐링 · 러버즈'를 눈앞에서 직접 보고 도망쳤지만, 다음날부터는 특훈 짬짬이 간식을 주러 와줬다. 수건이나 마실 것, 가벼운 식사를 준비해주기도 하고 완전히 운동부 매니저, 아니 그 이상이었다.

그리고 도망치지 않고 '힐링 · 러버즈'도 견학하게 되었다. 매일 찾아오는 걸 보면 '힐링 · 러버즈'를 하는 현장을 보는 것도 그렇게 싫지는 않은 걸지도 모르겠다.

네이트는 그 외에도 청소나 식사와 같은 모든 일상적인 뒷바라지를 해줬다.

하지만 네이트는 별장의 주인인 데다가 귀족 아가씨이다. 그런 일을 시키는 건 미안했다, 우리가 어떻게든 하겠다—— 그렇게 몇 번이나 말해봤지만, 그때마다 고개를 저으며 '이런 거, 좋아하니까'라고 말하며 부드럽게 거절했다.

그런 네이트인데——,

오늘은 모습을 보이지 않았다. 평소 같으면 슬슬 간식을 가져올 시간인데.

난 바다에 떠있는 오두막을 바라봤다.

……역시 어젯밤 일이 있어서 거북한 걸까.

그도 그럴 게 어젯밤에 '러버즈'가 다 같이 내 방에 모여서 '힐링 · 러버즈'로 한계 돌파 챌린지를 했는데…….

도중에 마실 것을 가지러 가려고 방문을 열었다가 복도에 주저앉아있는 네이트와 마주쳤다. 빨갛게 물들인 볼과 게슴츠레한 눈빛. 오른손은 가슴에, 왼손은 고간.

2, 3초 굳은 뒤에 네이트는 차마 터져 나오지 않는 비명을 지르며 도망쳤다.

저건, 분명 엿보고 있었겠지…… 게다가 스스로 위로하면서…….

보통이라면 절대로 남에게 보여주고 싶지 않은 그런 현장을 목격당한 것이다. 네이트의 쇼크는 상당할 것이다.

나중에 달래줘야 한다는 생각이 들지만…… 네이트 본인 입장에서는 분명 얼굴도 마주치기 힘들 것이다. 상처를 주지 않고 어떻게 달래줘야 할까?

"왜 그래? 유우토."

리제르 선배가 말을 걸어 퍼뜩 정신을 차렸다.

지금은 특훈 휴식 중. '힐링 · 러버즈'로 마력 회복과 마술 회로를 쿨 다운하는 중이다. 그 방법은…… 리제르 선배를 뒤에서 안는 자세로 가슴을 주무르고 있었다.

리제르 선배는 비치파라솔 아래에서 단정치 못하게 나에게 몸을 맡기고 있었다. 밀착도는 최고였고, 몸 전면에 느껴지는 선배의 피부는 최고급 비단보다도 훌륭했다. 그리고 검은 머리칼과 목덜미에서는 굉장히 좋은 향기가 났다. 말하자면 최고의 치유이다. 그런데 멍하니 있다니, 내가 생각해도 아까웠다.

"모처럼 내 가슴으로 치유해주고 있는데, 마음이 다른 데 가 있네."

"죄, 죄송합니다……."

사과하면서도 내심 살짝 삐진 것 같은 선배도 귀엽다고 생각했다.

지금 해변에 있는 건 나와 선배뿐이다.

네이트의 간식에 완전히 익숙해져서 우리는 음료수 하나 준비하지 않았다. 미야비와 레이나는 오두막에 마실 것과 간단히 먹을 것을 찾으러 돌아간 상태다.

"사실 어젯밤 일인데요——."

나는 어젯밤에 일어난 일을 리제르 선배에게 이야기했다. 가슴을 주무르면서.

"응♥…… 그래. 그래서…… 오늘은 모습을 보이지 않았, 구나……."

"상처받지 않았으면 좋겠는데……."

"그렇네…… 좋…… 좋은 기회니까, 앙♥ 내가 네이트한테, 말해, 볼게."

"좋은 기회?"

"그래, 전부터 생각하고 있는데 네이트는——."

그 순간, 피부로 얼얼한 긴장을 느꼈다.

"?!"

난 순간적으로 마법을 발동하고, 리제르 선배를 안은 채로 뒤로 크게 물러났다.

그 직후, 하늘을 찢는 날카로운 소리가 울렸다.

비치파라솔이 두 동강이 나서 하늘로 튀어 올랐다.

위에서 내려다보니 모래사장을 반으로 가르며 충격파가 지나가는 모습이 눈에 들어왔다.

——대체, 누가?!

나는 착지해서 리제르 선배를 모래사장에 내려줬다.

"……아무래도 저 녀석들의 짓인 것 같네."

충격파가 온 방향— 산 쪽으로 펼쳐진 숲속에서 네 사람의 형체가 다가왔다.

그 선두에 서 있는 사람은 키가 크고 여윈 몸을 가진 남자. 군복 같은 옷을 흩뜨려 입고 있었고, 한 손에는 일본도를 뽑아 들고 있었다. 아무렇게나 흐트러진 검은 머리칼을 쓸어 올리고 자신만만한 웃음을 띠었다.

"내 일격을 피했군…… 너 이 자식, 뭐 하는 놈이냐?"

온몸으로 위험한 분위기를 풍기고 있었다. 아마 어떤 마왕 후보의 카드일 것이다.

"아하하, 토우고 씨가 첫 공격을 빗맞추다니, 이상한 일이네요."

키가 큰 남자의 뒤에서 대조적으로 몸집이 작은 남자가 나타났다.

동안에 활기찬 소년 같은 분위기. 검을 가지고 있었고 키가 큰 남자와 마찬가지로 군복 같은 겉옷을 입고 있었다.

하지만 둘 다 학원에서는 본 적이 없다.

“시끄러워, 코시라에. 그보다 저 녀석들은 뭐지.”

“몰라요. 전 등교를 거의 안 해서.”

“못 써먹겠구만.”

“토우고 씨도 그렇잖아요.”

태평하게 대화를 하고 있지만 심상치 않은 마력을 뿜고 있었다. 둘 다 상당한 실력자라고 봐도 좋을 것이다. 하지만 어디서 정보가 새어 나갔지? 네이트와 스텔라 외에는 우리가 여기에 있다는 걸 모를 텐데.

“뭐, 어쨌든 베면 된다. 어이 신입, 네가 해치우고 싶으면 양보해줄 수도 있는데?”

그 옆에는 낯익은 소녀가 서 있었다. 연갈색 머리칼에 레이스가 달린 안대. 하얗고 여성스러운 교복.

“…….”

저건 니혼도 소디아? 분명 ‘문’의 II였을 텐데…….그런가, ‘문’ 키타카미 루나틱은 스텔라가 쓰러뜨렸다고 했었다. 그렇다면 새롭게 다른 마왕 후보의 카드가 된 건가.

토우고라고 불리는 남자가 가만히 있는 소디아에게 짜증 난 표정을 지었다.

"칫, 과묵한 신입이군."

"기다려, 하치마키."

내 예상대로 소디아의 뒤에서 '문' 키타카미 루나틱이 아니라 다른 마왕 후보가 모습을 드러냈다. 그것은--,

'스트렝스'의 산노…… 리키마루?주홍색 머리칼을 포니테일로 묶은 헤어스타일. 보라색 눈동자. 그 용모는 틀림없이 리키마루였다.

하지만 옷은 운동복이 아니었다. 판타지에 나오는 기사 같은 옷차림에 등에는 기장이 짧은 망토, 허리에는 검도 차고 있었다.

아무래도 풀 아머는 아니지만 가슴과 어깨에는 갑주까지 차고 있어서 더 기사 같았다. 하지만 옷은 여성적이었다. 미니스커트에서 뻗어 나온 맨 허벅지가 잘 보였다.

리키마루…… 맞지?

전과 다른 건 복장뿐만이 아니었다. 표정이랄까 분위기가 전혀 달랐다.

그 활발하고 장난스러운 분위기는 어디에도 없는 실로 씩씩한 표정이었다. 다른 사람 같은 리키마루는 맑은 목소리로 키 큰 남자에게 말을 걸었다.

"하치마키여, 네놈은 아무래도 너무 경솔하다."

"무슨 말인가요, 대장."

"잘 봐라. 저건 우리가 쫓고 있는 사냥감이 아니다."

"아~…… 뭐, 비슷한 거 아님까. 전 눈앞에 생물이 나타나면 무심코 조건반사로 베어버린다고요."

"좀 더 신중해져라, 하치마키 토우고. 그렇지 않으면 나의 에이스 역할을 해낼 수 없다."

리키마루라고 생각할 수 없는 위엄에 찬 태도. 완전 다른 사람이다. 게다가 카드가 보디빌더가 아닌 것도 놀랍다.

리키마루는 이중인격 같은 건가? 아니면 기분에 따라서 캐릭터를 연기하는가? 설마 싶지만, 이 녀석도 마왕 후보다. 평범한 인간과 감각이 다르다고 해도 놀랍지는 않다.

리키마루는 하치마키에게 하는 잔소리를 끝내고 내 쪽으로 얼굴을 돌렸다.

"거기 너희들, 잠깐 물어보고 싶군. 이 근방에서 짐승을 보지 못했나?"

"……짐승?"

"그래. 마왕 대전에 본격적으로 참전함에 있어서 가벼운 몸풀기로 사냥을 하고 있다. 하지만 사냥감을 쫓는 사이에 길을 잃고 말았다."

어라? 이 녀석, 나를 잊었나……? 그렇다면 우리 입장에서도 상황이 좋다. 지금은 싸울 준비가 안 되어 있으니 말이다.

"짐승 같은 건 못 봤는데. 산 쪽으로 간 거 아냐?"

내가 '감옥산'을 가리키자 리키마루는 '이럴 수가'라며 소리를 질렀다.

"우리 영지를 벗어나고 말았는가…… 그것도 다른 곳의 산을 넘어가지 않았나. 여긴 어디지?"

그 질문에 코시라에라고 불렸던 동안의 남자가 대답했다.

“아~, 이 주변은 ‘채리엇’의 영지일 거예요.”

리키마루는 날카로운 눈빛으로 나와 리제르 선배를 노려봤다.

“그렇다면 네놈들은 ‘채리엇’의 카드인가?”

“아니…… 아닌데.”

분위기가 약간 이상해지기 시작했다. 어디 사는 누구냐고 추궁당하기 전에 떠나는 게 좋을 것 같다. 리제르 선배도 같은 생각을 하고 있는지 가볍게 머리를 숙였다.

“저희는 여행으로 여기에 와있을 뿐입니다. 여러분을 방해하지 않을 테니, 이만 실례하겠습니다.”

나와 선배는 해변을 따라서 걸어가려 했다. 하지만——,

“기다려라.”

리키마루가 의심하는 눈초리로 우리를 불러 세웠다.

“네놈들 보통 사람이 아니구나. 신분과 이름을 밝혀라.”

젠장…… 큰일이네. 리키마루 주제에 의외로 날카롭다.

“그게 이름을 댈만한 사람이…….”

알랑거리는 웃음을 짓고 잔챙이 같은 느낌을 연출하려고 했을 때,

“‘러버즈’의 마왕 후보, 모리오카 유우토와 그 퀸, 히메가미 리제르.”

그때까지 인형처럼 가만히 서 있던 니혼도 소디아가 불쑥 중얼거렸다.

이 사람 말할 수 있었어?! 그리고 눈가리개를 하고 있는데 보이는 거야?!

“……뭐라고?”

눈빛이 험악해진 리키마루에 이어서 하치마키가 흥분한 것처럼 웃기 시작했다.

“와하하하하하! 이거 좋구만! 진짜 사냥감이 걸렸다고!!”

젠장! 간단히 들켰다! 지금까지 들키지 않았던 게 이상하지만!

나와 리제르 선배는 천천히 뒤로 물러났다.

“좋아! 그럼 서로 죽고 죽여보자고!”

하치마키가 일본도의 칼끝을 나에게 겨눴다.

“기다려라, 하치마키.”

리키마루가 말려서 조금 안심했다. 아무튼 마왕 후보끼리의 싸움이다. 상대도 우연히 마주쳐서 갑자기 싸우는 것보다 나름대로 준비를 하고 싸움에 임하고 싶을 것이다.

“우선 이름을 대라. 서로가 이름을 대는 것. 그것이 정의다.”

“……귀찮구만. 어이, 난 ‘저스티스’의 에이스, 하치마키 토우고다.”

――‘저스티스’?왜 ‘저스티스’의 에이스가 ‘스트렝스’의 마왕 후보에게 붙어있는 거지?

“검을 뽑으면 마계 제일의 남자다. 이걸로 됐나, 대장?”

“좋다. 죽여라.”

뭐야 그게?!

“대체 그거의 어디가 정의라는 거냐!”

비꼬아서 말했는데 리키마루에게는 통하지 않은 듯했다. 오히려 머리 나쁜 녀석을 상대해서 피곤하다는 듯이 한숨을 쉬었다.

"네놈은 정의를 뭐라고 생각하나?"

저, 정의? 갑자기 그런 말을 들어도…… 무슨 말로 표현하면 좋지?

말문이 막혀 말을 못 하고 있으니 리키마루는 태연하게 단언했다.

"정의란 나다."

"뭐?"

"모르겠나? 내가 정의다, 라고 말했다. 내가 생각하는 것, 말하는 것, 이루는 것, 모든 것이 정의다."

아니, 그걸 정의라고 하지는 않잖아.

"따라서 나에게 적대하는 자는 존재 자체가 악이며 죄다. 나는 정의로서 악을 멸해야만 한다. 악에게는 그 어떤 짓을 해도 상관하지 않는다. 당연한 업보이니 말이다."

이렇게 독선적일 수가. 그런 건 정의도 뭣도 아니다.

"그러고 보니, 전에도 힘이야말로 정의라는 말을 했었지…… 하지만 그런 건 정의도 뭣도 아니야! 단순한 이기주의다! '스트렝스' 산노 리키마루!"

리키마루의 침착한 얼굴이 일그러졌다.

"……뭐라고?"

그리고 화난 표정—— 아니, 분노의 불꽃을 일으키며 나를 노려봤다.

"누가 '스트렝스'냐?! 이 무례한 놈이!"

지금까지의 냉정한 태도가 확 변해 불을 토할 정도로 격노했다.

"내 이름은 산노 세이기!! '저스티스'의 마왕후보다!"

——뭐?!

'저스티스'라고? 하지만 '스트렝스'의 리키마루와 쏙 빼닮은…… 정도가 아니다. 완전히 동일인물이다. 태도나 말투나 분위기는 전혀 다르지만.

"리키마루 따위와 같은 천치 언니와 혼동하다니…… 용서하지 않겠다! '러버즈'!!"

"……언니?"

나는 옆에 있는 리제르 선배에게 물어보듯이 눈길을 줬다.

"정말이야. '스트렝스'의 산노 리키마루와 '저스티스'의 산노 세이기는 쌍둥이 자매야."

자매?! 그것도 쌍둥이라고?!

"쌍둥이가 모두 마왕 후보라니……."

그렇게 중얼거렸을 때, 경박한 웃음소리가 해변에 울렸다.

"아하하하하하하하하! 바로 그렇다!! 사상최강의 자매! 그것이——."

어디서 나타났는지 태양을 등지고 하늘을 이리저리 날아다니는 모습. 빙글빙글 회전하여 모래사장에 내려섰다.

"씩씩하게 등장! '스트렝스' 리키마루와 그 여동생!"

반팔 운동복에 배꼽을 내놓은 트레이닝 웨어. 왠지 자신만만한 미소.

아아…… 이 바보 같은 등장은 틀림없다. 이쪽이 진짜 산노 리키마루다.

그런 리키마루를 노골적으로 싫다는 표정으로 세이기가 째려봤다.

"……뭣하러 왔나, 천치 언니. 그리고 나를 덤 취급하지 마라. 베는 수가 있다."

리키마루는 세이기와는 실로 대조적인 웃는 얼굴로 대답했다.

"아하하하! 사실 리키마루는 본격적인 마왕대전에 대비해서 산에 박혀서 수행을 하고 있었던 것이다! 하지만 길을 잃어서 정신을 차리고 보니 여기에 있었던 것이다!!"

어째서인지 자랑스럽게 V사인을 날리는 리키마루.

그 모습을 굉장히 불쾌하게 바라보는 세이기.

왠지 모르게 둘의 관계를 짐작할 수 있었다. 하지만 똑같이 마왕대전에 대비한 특훈을 하는 데다가 똑같은 장소를 고르고 똑같이 길을 잃는 모습을 보면 역시 쌍둥이인가. 그런 생각을 하고 있으니──,

"리키마루 님!!"

발소리가 몇 개나 더 다가왔다.

"천객만래네……."

다가오는 일당들을 보고 리제르 선배는 진절머리가 난다는 표정을 지었다.

그것은 근육의 집단이었다.

정말이지 어떻게 봐도 '스트렝스'의 카드라는 것을 알고 싶지 않아도 알 수 있었다.

"여기에 계셨습니까?! 다들 찾고 있었다고요!"

그렇게 큰 소리로 외치며 달려오는 것은—— 놀랍게도 은발 미소녀.

키는 미야비와 똑같은 정도. 다른 '스트렝스'의 카드와 비교하면 아무래도 날씬했다. 잘 단련한 격투가와 같은 체형이었다.

옷은 스포츠 브라와 꽉 끼는 핫팬츠. 잘 단련된 육체를 과시하는 듯한 복장이다. 실제로 팔도 다리도 복근도 훌륭할 정도로 울끈불끈.

다른 옷을 입은 상태로 햇볕에 탔는지 위팔과 허벅지에 탄 자국이 선명하게 남은 것이 묘하게 섹시했다.

"오~ 프롤?! 너희들, 저게 우리 '스트렝스'의 퀸. 이시와리 프롤이다!!"

설마 여자가 있을 줄은 몰랐다.

그 뒤에서 오는 또 다른 한 명은 역시나라는 느낌. 아니—— 지금까지 봐왔던 보디빌더와는 분위기가 약간 달랐다. 마력이나 존재감이 차원이 달랐다.

2미터를 훌쩍 넘는 키에 비정상적으로 부풀어 오른 근육. 얼굴은 한마디로 표현하자면 모아이 석상. 그 얼굴보다 두꺼운 목은 무슨 일이 있어도 부러질 것 같지 않았다.

그리고 몸도 믿을 수 없을 정도로 다부졌다. 넓은 어깨에 보통 사람의 어깨 폭 정도는 되는 두꺼운 가슴팍과 대조적으로 얇은 허리. 온몸에 근육이 부각되어 선명한 홈이 파여 있었다. 그 육체에 위협적인 분위기를 더하듯이 온몸에 문신이 새겨져 있었다.

"이 녀석은 에이스인 대흉근 이고르다!! 엄청난 근육이지?!"

역시 이 녀석이 에이스인가. 몸에서 열과 함께 마력이 흘러넘치고 있었다. 몸속에도 강인한 마술 회로가 잠들어있는 것이 느껴졌다.

"……."

그리고 모아이 석상처럼 과묵.

"어떠냐?! 완성도가 끝내주지! 리키마루와 모두는 이 근육만으로 이길 수 있어!!"

아니…… 확실히 엄청난 근육이긴 한데…… 뭔가 아니라는 느낌이 들었다.

세이기가 지긋지긋하다는 얼굴로 언니인 리키마루를 째려보고 있었다.

"그만해라. 더 이상 우리 산노 일족을 창피하게 만들지 마라. 치욕적인 언니."

"뭘 부끄러워하는 거야?! 동생아! 다른 마왕 후보한테 괴롭힘 당하면 언니한테 말해야 해! 복수해 줄 테니까!"

"잠꼬대는 자면서 해라! 내가 네놈에게 도움을 구하는 일 따위는 마계가 멸망해도 있을 수 없는 일이다!"

"어릴 때 괴롭힘당해서 울면서 돌아왔을 때 복수해 줬잖아!"

세이기는 얼굴을 새빨갛게 물들이고 칼자루에 손을 걸쳤다.

"여기서 네놈을 죽여주마!!"

"아하하! 반항기네! 좋~아, 그렇다면 언니가 상대해줄게!!! 두들겨 패서 귀여워해 줄게!"

그런 진전이 없는 말싸움을 듣는 나와 리제르 선배. 이제 돌아가도 돼? 라고 물어보고 싶어진다.

"……어떡할까요, 선배?"

"저 둘이 여기에 온 건 정말로 우연인 것 같네…… 가능하면 우리가 아니라 자매끼리 싸웠으면 좋겠는데."

확실히 그게 이상적이다. 이쪽은 아무런 준비도 안 되어 있고 인원도 적다. 산노 자매와 카드 전원을 상대하는 건 솔직히 어려운 일이다. 이대로 자매가 싸우면서 어딘가에 가주지 않으려나.

저쪽도 리키마루와 세이기 이외의 카드들은 한가해 보였다.

"저기~, '러버즈'의 마왕 후보와 퀸 씨? 아, 난 코시라에 켄지라고 하는데."

동안의 '저스티스'의 카드가 한가함을 주체하지 했는지 말을 걸어왔다.

"너희는 왜 이런 곳에 있는 거야? 설마 휴가?"

"아아, 그런 거지."

"흐음~ 여유롭네요."

그러자 이번에는 은발 근육 여자—— 이시와리 프롤이 우리를 흥미진진하게 쳐다봤다.

"그럼 이 우연에 감사해야겠네. 여름방학에 들어선 뒤부터 '러버즈'는 행방불명이었으니까. 설마 이런 곳에 있을 줄은 몰랐어. 혹시…… 우리를 기다려준 거야?"

그렇게 말하며 고개를 살짝 기울이고 한쪽 눈을 찡긋 감았다.

리제르 선배가 떨떠름한 표정을 지었다.

마, 마음은 이해해요! 선배가 노리던 대로 좋은 작전이었다고 생각해요! 다만 운이 나빴을 뿐이에요…… 라고 격려해주고 싶은 마음이 가득했다.

"유우토!! 선배!!"

"오빠!!"

이변을 알아차렸는지, 오두막에서 수영복 차림의 미야비와 레이나가 뛰어왔다. 그 모습을 보고 프롤은 호전적인 웃음을 띠었다.

"당연히 있겠지…… 유우가오제."

모래를 튀기며 미야비를 향해 갔다.

"어?! 프롤?!"

미야비가 급브레이크를 거는 것처럼 멈춰 섰다. 레이나는 그대로 이쪽으로 왔지만, 프롤은 눈길도 주지 않았다.

"유우가오제!!"

프롤은 달리는 스피드를 살려 미야비를 향해 날았다. 그리고 공중에서 몸을 비틀어 살인적인 돌려차기를 때려 박았다. 미야비는 앞으로 나와 그 발차기를 팔로 막았다.

"크…… 읏!"

미야비의 몸이 옆으로 날려졌다. 하지만 모래에 손을 짚어서 몸을 빙글 회전시켜 착지. 프롤은 째려봤다.

"갑자기 무슨 짓이야?! 프롤!"

"아하하, 괜찮잖아. 우린 라이벌이잖아?"

미야비는 진절머리가 난다는 것처럼 웃음을 지었다.

"참…… 멋대로 라이벌로 칭하는 건 그만둬…… 그보다 프롤, 역시 '스트렝스'에 들어갔구나."

뭐지? 원한이 있는 게 아니라 친구인가?

둘의 관계를 파악하지 못하고 있으니 선배가 보충설명을 해줬다.

"저 둘은 중등부 때부터 알고 지낸 사이야. 이시와리 가는 백작이고, 미야비는 조금 아래. 그래서 미야비를 들러리로 삼으려고 툭하면 들러붙는다고…… 그렇게 들었어."

우와아…… 그거 귀찮을 것 같네.

프롤은 득의양양하게 흥 하고 코웃음 쳤다.

"난 '스트렝스'의 퀸. 넌 '러버즈'의 프린세스. 다시 말해서 내가 더 위라는 거야! 어때? 패배를 인정해!"

"아~ 대단하네……."

미야비의 대답에는 누가 봐도 영혼이 없었다. 그래도 프롤은 만족한 듯했다. 가슴을 펴고 콧방귀를 뀌었다.

"훗흥~. 당연하잖아? 너처럼 포동포동한 몸과는 다르니까. 근육량에서도 체지방률에서도 내가 이겼어!"

프롤은 배에 힘을 줘서 식스팩을 과시했다.

"포동포동하다고 하지 마! 살 안 쪘거든!"

"그럼 다이어트 하는 게 어때? 지방을 덜어내면 너도 근육은 꽤 있잖아?"

"아니…… 그렇지만 안 귀여운걸."

툭 하고 프롤의 이성의 끈이 끊어지는 소리가 들린 듯했다.

"내가 안 귀엽다는 거야?!"

프롤은 주먹을 쥐더니 미야비와의 거리를 좁혔다.

"그런 뜻이…… 아~ 정말! 어쩔 수 없네!!"

미야비도 주먹을 쥐고 자세를 잡았다.

어째서인지 멋대로 싸움을 시작해버렸다. 한편 내 곁으로 달려온 레이나는 니혼도 소디아를 험악한 눈길로 쳐다보고 있었다.

“오빠, 어째서 저 사람이…….”

“아무래도 ‘저스티스’의 카드가 된 것 같아…… 그러고 보니, 전에도 아는 사람인 것처럼 말했었지? 무슨 인연이라도 있어?”

“레이나의 사자(師姉)예요, 예요.”

사자?

“그건, 검술의?”

“맞아요 맞아요.”

“강해?”

“……한 번도 이겼던 적이 없어요.”

그건…….

“하지만 레이나도 그 이후에 강해졌어요.”

레이나는 짊어진 일본도의 끈을 끌러서 칼을 뽑았다. 레이나의 키만큼이나 긴 장검을 쥐니 소디아가 아니라 하치마키가 씨익 웃었다.

“검으로 나오니 기쁜군…… 그럼, 어디 한 번── 아, 어이!”

하치마키를 무시하고 소디아가 앞으로 나왔다. 그리고 조용히 발도. 허리에 찬 두 자루의 검, 그 검들을 각각 오른손과 왼손에 드는 이도류. 무시당한 하치마키는 화가 치민다는 듯이 혀를 찼다.

“너 인마, 선배를 무시하지 말라고?!”

하지만 옆에 있는 코시라에는 웃음을 참으면서 딴지를 걸었다.

"하지만 아까 전에 토우고 씨가 양보한다고 말했잖아요."

"……반응이 너무 늦잖아."

떨떠름한 얼굴로 팔짱을 꼈다. 아무래도 끼어들 생각은 없는 듯했다.

당사자인 소디아는 그런 대화 따위는 귀에 안 들어오는 듯 레이나와 대치했다. 눈가리개 때문에 안 보이지만, 그 눈은 레이나를 향해 있었다. 레이나 또한 소디아를 매서운 눈초리로 바라봤다. 지금 이 둘의 눈에는 서로의 모습밖에 비치지 않는다.

"오렴. 레이나."

"……확인."

평소의 귀여운 여동생의 얼굴에서 검호와 같은 날카로운 표정으로 변했다.

모래가 높이 튀어 오르고 레이나의 모습이 사라졌다.

다음 순간에는 소디아 앞에서 불꽃이 튀었다. 두 자루의 검이 교차하여 레이나의 일본도를 받아내고 있었다.

"빨라. 그리고 힘도 현격히 세졌어."

"지금의 레이나는 이전의 레이나와는 달라요, 예요!"

소디아의 검이 튕겨 나가고 레이나가 추격했다. 하지만 소디아는 화려한 몸놀림으로 피하더니 반격을 가했다.

"……읏!"

두 자루의 검을 솜씨 좋게 사용하여 레이나를 몰아넣었다. 그 검을 전부 막아내고 레이나는 얼마 안 되는 빈틈으로 장검을 휘둘러 강렬한 일격을 날렸다.

받아낸 검이 부러지지 않을까 싶을 정도로 강렬한 검을 두 자루의 검이 막아냈고 소디아는 약간 물러났다.

전투 모드인 레이나와는 반대로 소디아는 무표정. 눈가리개를 하고 있어서 눈빛까지는 알 수 없지만, 입이나 볼에는 약간의 변화도 없었다. 정말 인형 같았다.

레이나의 불같은 검을 차가운 검이 받아넘겼고, 약간의 빈틈을 찾아내자마자 냉정하게 베어나갔다.

리키마루가 그 공방전에 자극을 받은 것처럼 몸을 떨었다.

"뭐야 뭐야?! 신나게 싸우고 있잖아! 리키마루도 끼워줘!!"

리키마루가 하늘 높이 날아올라 나를 노리고 떨어졌다.

"'바리카데'!!"

"안 돼! 피해!!"

리제르 선배가 방어마법을 전개하려고 한 나에게 외쳤다.

그때, 리키마루의 몸에서 금빛 마력이 방출되었다.

"힘이야말로 정의! 힘이야말로 파워!!"

뒤로 뺀 주먹 주위가 일렁이고 있었다.

'경고. 저 공격은 막을 수 없습니다. 회피를 권장.'

——뭐야?!아르카나의 목소리가 머릿속에서 울렸다.

"큭!"나는 모래사장을 박차고 옆으로 크게 피했다.

마침 공중에 뜬 내 등을 충격파가 들이받았다.

"우오오오오오오오오오?!"

앞으로 고꾸라지듯이 모래사장을 굴렀다. 빙빙 도는 풍경 속에서 모래사장이 폭발을 일으키는 게 보였다. 모래는 수십 미터

높이까지 날아올랐다.

마치 운석이 낙하한 듯한 충격과 폭발이었다.

——뭐지…… 저건.

모래사장에는 거대한 크레이터가 생겨나 있었고, 그 한가운데에 산노 리키마루가 웅크리고 있었다. 오른 주먹은 모래 아래에서 드러난 암반에 박혀있었다.

리키마루의 몸속에서는 마술식도 마력도 느껴졌다. 하지만 지금 일어난 폭발에서는 마력이 전혀 느껴지지 않았다. 마치 일반적인 물리현상처럼 느껴졌다.

아니—— 그런 말도 안 되는 일이.

마법을 쓰지 않으면 마족이라고는 해도 리키마루도 여자아이다. 저런 폭발적인 위력을 지닌 펀치 같은 것을 날릴 수 있을 리가 없다.

리키마루는 일어서서 거침없고 의기양양한 얼굴을 보여줬다.

"이것이 리키마루의 고유마법 '스트롱기스트'!! 리키마루가 부술 수 없는 건 없어!"

"고유마법이라고?!"

리키마루가 착지한 나를 향해 달려왔다.

"유우토!"

떨어진 장소에 착지한 선배도 나에게 달려오려고 했다.

하지만—— 그 앞을 거구가 막아섰다. '스트렝스'의 에이스, 이고르다.

"방해돼! 비켜!!"

하지만 이고르는 묵묵부답. 대답하는 대신 거대한 주먹을 치켜들었다. 그 주먹에는 문신 같은 마술 문자가 떠올라 있었다.

주먹을 내리치는 것과 동시에 맹렬한 불꽃과 선풍이 몰아쳤다.

"선배?!"

돌풍이 선배의 몸을 가볍게 감아올렸다.

"큭…… 힘만은 훌륭하네!"

마법을 써서 자세를 제어하려고 했다—— 그때 또 다른 주먹이 똑바로 뻗어왔다.

"……읏!!"

선배는 순간적으로 '바리카데'를 발동해서 주먹을 막았다. 하지만 이고르의 펀치는 폭발적인 파괴력을 가차 없이 선배의 가냘픈 몸에 때려 박았다.

선배는 방어마법과 함께 크게 날려져 바다에 떨어졌다.

녀석은 지금까지 봐왔던 그냥 근육이 아니다. 저 거구 속에서 터무니없는 양의 마력과 고밀도 마술 회로가 느껴졌다.

"리제르 선배!"

한순간 섬뜩했지만, 선배는 금방 일어나서 머리칼을 쓸어올렸다.

"내 걱정은 할 필요 없어! 긴장 풀지 마!!"

도와주러 가고 싶은 마음은 가득했지만 내 앞에는 이고르보다 더 위험한 녀석이 있다.

——'스트렝스'의 마왕 후보, 산노 리키마루.

"자~ 자~!! 뭐야 뭐야 '러버즈'!"나보다 키가 작고, 여자 중에서도 작은 편인 몸집. 단단한 육체를 자랑하는 카드들과 비교하면 너무나도 평범한 체형. 이시와리 프롤과 비교해도 훨씬 날씬했다.

하지만 그 파워는——,

"흐아아아아아아아앗!!"

리키마루가 나를 향해 펀치를 날렸다.

제트기가 순식간에 통과한 듯한 공기를 가르는 소리가 옆으로 지나갔다. 보이지 않는 무언가가 지나간 것처럼 모래사장에 홈이 파이고 멀리 있는 나무들이 튀어서 날아갔다.

펀치가 만들어낸 충격파만으로도 이 위력. 내 이마에서 식은 땀이 흘러 떨어졌다.

이 상태로 세이기와 그 카드에게까지 공격을 받으면——,

살짝 상황을 살펴보니, 하치마키가 불만스러운 듯 입을 삐죽 내밀고 있었다.

"대장, 우리는 참가 안 합니까?"

"신입이 하게 둬라. 우리가 나설 자리가 아니다. 언니와 함께 싸우는 건 구역질이 난다."

"우리는 관객인 거네요. 즐겨요."

저 셋이 참가할 낌새가 안 보이는 건 다행이다. 그렇지만 리키마루 하나로도 벅차다. 쓰러뜨리기는커녕 공격을 막는 것만으로도 필사적이었다.

리키마루는 기분이 더욱 들뜬 것처럼 경쾌한 스텝으로 섀도복싱을 하고 있었다.

"자~ 자~!! 반격 안 하면 이대로 가지고 놀다가 죽여 버릴 거야! 그래도 죽는 건 변함이 없지만! 왜냐하면 리키마루가 너무 세기 때문이지!"

선배도, 미야비도, 레이나도, 다들 각자의 싸움을 하고 있다.

나도 내 힘으로 극복해야 한다!

"간다! '인피니트 · 러버즈'!!

지금이야말로 특훈의 성과를 발휘할 때── 그렇지만 한계 시간은 1분 정도. 그 시간 안에 마무리를 짓지 않으면 죽는다.

"'파이드제논'!!"

느닷없이 상급마법.

하지만 마법을 아껴 쓸 수 있는 상대가 아니다. 단순무식하게 힘이 세다고는 해도 저렇게까지 단련했다면 그건 진짜 힘이다. 리키마루의 일거수일투족은 마치 핵병기와 같았다.

더 이상 질질 끌 수는 없다. 속공이다!!

"가라아아아아아아아아아아아아아아아!!"

지옥의 가마를 뒤집은 듯한 불꽃이 마법진에서 용솟음쳤다. 용암과 화산탄의 분화가 리키마루를 덮쳤다.

"후오오오오……."

리키마루는 주먹을 힘껏 뒤로 뺐다.

설마…… 펀치로 '파이드제논'에 대항하려는 건가?!

"하아아아아아아아아아아아아아아앗!!"

설마 했던 대로였다.

리키마루는 불길을 향해 주먹을 내질렀다.

지옥의 업화가 멈췄다.

그 강력한 완력은 마치 물리법칙을 왜곡한 것처럼 '파이드제논'을 튕겨냈다.

자신이 날린 '파이드제논'이 자신을 향해 덮쳐들었다.

"젠장! '스트라이드'!"

해안선을 이동해서 피했다. 일단 거리를 두고 대책을 생각해야 한다!

"자~ 자~, 다음 마법은 뭘까?"

"어?!"리키마루가 바로 옆에서 달리고 있었다.

"……아닛!!"

"사양할 필요 없어! 리키마루는 온몸이 흉기! 그러니 말이야!!"

리키마루에게서는 '스트라이드' 마법이 느껴지지 않았다. 어디까지나 자신의 각력으로 달리고 있었다.

아니, 아니다. 이건——,

"공격 안 하면 이쪽에서 간다!"

리키마루가 손날로 허공을 갈랐다.

그 순간, 돌풍이 내 볼을 지나치고 볼이 쫙 째졌다.

"크억?!"

난 모래에 발이 걸려 그 자리에 쓰러졌다.

이것도 리키마루의 '스트롱기스트'인가……? 가르쳐줘, 아르카나!

'해석. 산노 리키마루의 고유마법 「스트롱기스트」는 운동에너지를 조종하여 현실적으로는 일어날 수 없는 물리적 현상을 실현하는 마법. 단, 그 효과는 마법에 의한 것이 아니라, 어디까지

나 물리현상으로서 영향을 끼침.'

요컨대 말도 안 되는 물리라는 건가!

나는 벌떡 일어나서 바로 다음 대책을 강구했다. '알마드'를 몸에 두르고, 병행해서 폭발계 마법을 발동. 화염 계열과는 달리 핀포인트로 폭발을 일으키는 이 마법이라면 튕겨내지 못할 것이다!

"'데스트레셔'!!"

이번 합숙 중에 익힌 폭발계 상급마법.

리키마루의 발치에서 폭발적인 불길이 퍼졌── 지만, 그보다 먼저 내 시야가 상하로 반전되었다.

"뭣……."

"느려, 느리다고! 마법 발동보다 리키마루의 움직임이 더 빠르다고!"

리키마루에게 날려진 내 몸은 모래사장을 굴렀다.

이겨서 기세가 오른 듯한 리키마루의 등 뒤에서 '데스트래셔'의 폭발적인 불꽃이 일었다.

젠장……!

안 통하나.

합숙의 성과로 새로 익힌 상급 마법이──.

리키마루의 '스트롱기스트' 앞에서는 소용없다.

좀 더, 나에게 힘이──.

'스트롱기스트'에도 지지 않는 강한 공격수단이 있다면!

나는 이를 꽉 깨물었다.

우는 소리 하지 마라, 모리오카 유우토.

지금 가지고 있는 수단으로 어떻게든 하는 수밖에 없다.

아직 방법은 있다! 얼음 계열 마법으로 움직임을 막으면——.

'경고. 이 이상의 「인피니트 · 러버즈」의 연속 사용은 위험합니다.'

갑자기 마력 공급이 끊어졌다. '인피니트 · 러버즈'로 몸속에서 생겨나는 마력이 사라져 온몸에 심한 피로감, 그리고 두통이 밀려왔다.

"제…… 젠장!! 벌써 시간이 다 된 건가…… 읏?!"털썩 무릎을 꿇은 나를 보고 리키마루가 웃기 시작했다.

"아하하하하! 뭐~야, 별것 없네! '월드'랑 '데빌', '타워'를 쓰러뜨렸다는 말을 들었는데. 하지만 그건 리키마루가 너무 세기 때문이지!"

리키마루는 내 눈앞까지 와서 최고로 자신만만한 얼굴로 가슴을 폈다.

"아무튼 현 마왕은 '스트렝스'의 마왕 후보였으니까! 그러니 이번에도 리키마루가 우승하는 건 당연한 결과인 것이다!"

"……뭐라고?"

간도 바르바토스 교장이 '스트렝스'의 마왕후보였다고……?

그렇다면 '스트렝스'가 가장 유력한 차기 마왕후보라는 말은 설득력이 있다. 한편, 나는 가장 약하다고 하는 '러버즈'의 마왕후보.

그렇다면 내가 이길 수 없는 것도 당연하다——.

"유우토!!"

리제르 선배의 비통한 목소리가 들렸다.

몽롱한 머리로 목소리가 들린 방향을 바라봤다. 거기에는 바다에 허벅지까지 잠긴 상태로 자신의 몇 배나 되는 거구를 가진 이고르와 대치하고 있는 리제르 선배의 모습이 있었다.

이고르는 모래사장에서 선배가 올라오는 걸 기다리고 있었다. 날 도우러 가고 싶어도 갈 수 없는 그런 상태로 보였다.

선배는 입술을 꾹 다물었다. 그 눈동자가 파랗게 빛나며 이고르를 포착했다.

"——더는, 너하고 있을 시간 없어."

왼손을 앞으로 뻗었다.

마법을 쏘는 줄 알았다. 하지만 공격 마법의 마법진을 전개하는 대신 리제르 선배의 왼손을 휘감듯이 마술 문자가 흘러갔다. 손을 쥐어 그 문자열을 잡았다.

마술 문자가 세로로 흘러 물질로 변환되어 갔다.

저건……?

——활이었다.

하얗고 아름다운 형태를 지닌 활.

너무나도 거룩해서 마족의 무기라기보다는 신이 하사한 무기처럼 느껴졌다.

리제르 선배의 왼손에는 활.

그리고 오른손에는 어느샌가 화살이 쥐어져 있었다.

이고르는 위험을 감지했는지 선배를 향해 달리기 시작했다.

바닷물을 아랑곳하지 않고 일직선으로 덤벼들었다.
하지만 선배는 표정을 바꾸지 않고,
화살을 메기고,
시위를 당겨,

화살이──
이고르의 몸을 관통했다.
바람이, 나와 리키마루 사이로 불었다.
금속음이 지나갔다.
리키마루의 앞머리가 흔들리고,
절단된 머리카락이 바람에 날려갔다.
──정말로, 순식간에 벌어진 일이었다.
너무 빨라서 화살이 보이지 않았다.
화살이라기보다는 꼭 빛 같았다.
리키마루도 눈을 동그랗게 뜨고 표정을 굳히고 있었다.
"햐~…… 이거 놀랐네."
끼기긱 하는 소리가 날 것 같은 동작으로 화살이 날아온 방향을 쳐다봤다.
이고르가 물보라를 일으키며 쓰러진 참이었다. 그 거구가 파도 사이로 가라앉아 갔다.
그 너머에서는 리제르 선배가 매 같은 눈동자로 이쪽을 응시하고 있었다.
이미 두 번째 화살을 메기고 시위를 당기고 있었다.

나는 침을 꿀꺽 삼켰다.
믿음직하다── 기보다는 무서웠다.
한 발로 '스트렝스'의 에이스를 쓰러뜨린 그 위력에 전율했다.
그리고 관통한 화살은 조금만 더 옆으로 갔으면 리키마루의 머리를 꿰뚫을 뻔했다.
리제르 선배가 활을 쓰는 줄은 몰랐다.
게다가 이 엄청난 위력.
저 활은 대체 뭐지?
"떨어져라. 산노 리키마루."
"헤~, 소문으로는 들었는데, 그게 히메가미 가의 혈족 마법…… '큐피드'인가."
"다음은 네 머리를 뚫을 거야."
"아하하, 리키마루의 머리를? 그런 게 될 거라 생각해~?"
"간단해."
"……."
그 대단한 리키마루의 천하 태평한 태도도 자취를 감췄다. 싸늘하게 식은 눈동자가 선배를 쳐다봤다.
"산노 리키마루, 너도 여기서 게임을 끝내고 싶진 않지? 네가 어리석지 않다면 지금은 물러나."
리키마루는 눈을 가늘게 뜨고 씨익 미소 지었다.
"그렇지만 여기까지 몰아붙였으니 말이야…… 모처럼이니까."
시선을 나에게 돌리는 도중에 리키마루의 눈동자가 아주 잠깐 세이기의 모습을 본 듯한 느낌이 들었다.

리키마루의 주먹에 금색 빛이 모였다.
"'러버즈'의 목, 받아갈게!!"
나를 향해 주먹을 내리찍었다.
선배의 활에서 화살이 떠났다.
세이기가 검을 뽑았다.
누가 먼저인가,
눈앞에는 리키마루의 주먹,
그 금색 빛이 시야를 뒤덮자――,

……어라?

눈앞에 리키마루가 주먹을 치켜들고 서 있었다.
깜짝 놀란 듯한, 영문을 알 수 없다는 얼굴.
그리고 리제르 선배도 화살을 메긴 채로 멍하니 있었다.
둘러보니 세이기, 미야비와 프롤, 레이나와 소디아, '저스티스'의 카드도, '스트렝스'의 카드도, 모두 당황한 듯한 표정을 짓고 있었다.
이건, 설마――,
"곤란하네. 다들 제멋대로라니까."
모래사장을 걸어오는 남자가 말썽꾸러기 반 친구를 꾸짖듯이 말을 걸었다.
――저 녀석은,
후드를 뒤집어쓰고 검은 겉옷을 입고 있었다. 그 아래에 빨간 머리칼과 희미하게 미소 짓는 얼굴.

죠도가하마 로스트. 그리고——,

그 뒤에서 따라오는 사람은 '휠 · 오브 · 포츈'의 마왕후보, 시모카즈마 린네. 그 팔에서는 붉은 피가 흐르고 있었다.

역시 시간을 되돌린 건가.

……설마 날 구한 건가?

세이기가 미간을 찌푸렸다.

"제멋대로인 건 네놈도 그렇지 않나. 어리석은 언니가 경솔하게 행동을 했다고는 하나, 마왕 대전의 승부다. 빤히 알고 있으면서 엎질러진 물을 그릇에 되돌리다니, 무슨 생각이지? 대답에 따라서는——."

세이기는 다시 칼자루에 손을 걸쳤다. 로스트는 그걸 보고 쓴웃음을 지었다.

"미래를 위한 교훈이야. 언젠가는 동맹인 모두와도 싸우게 되겠지만, 지금은 힘을 합쳐서 생각을 통일할 필요가 있어. 이번 일은 그걸 명심하게 만들기 위해 벌인 거야."

"이해할 수 없군."

세이기가 검을 뽑았다.

그리고 리키마루도 나에게서 떨어져 로스트가 있는 곳으로 걸어갔다.

"어이구? 둘 다 왜 그래? 무섭네."

로스트는 재빠르게 둘을 한 번씩 봤다.

"그러고 보니, 네놈의 실력을 아직 보지 못했군……."

"그렇지~. 항상 린네 뒤에 숨어있기만 하고. 사실은 완전 약한 거 아냐?"

그러자 로스트 뒤에 있던 린네가 앞으로 슥 나왔다.

리키마루와 린네가 서로 노려봤다.

"응? 뭐야? 리키마루한테 불만이라도 있어?"

린네의 표정은 변하지 않았다. 언제나처럼 웃는 그대로였다.

하지만── 화를 내고 있었다.

분위기가 팽팽해졌다.

로스트의 출현으로 갑작스럽게 흐름이 바뀌었다. 또 다른 조합으로 분열이 시작될 것 같은 예감이 들었다.

"……이런 이런, 어쩔 수 없네."

로스트가 긴장감을 깨듯이 느긋한 목소리를 냈다.

"물러나 있어, 린네. 내가 처리할 테니까."

린네는 할 말이 있는 듯한 표정을 지었지만, 순순히 따랐다.

"마음은 내키지 않지만…… 그래도 그런 걸로 납득해준다면, 죽어줄 수도 있어."

로스트는 자, 어서 오세요 라고 말하는 것처럼 무방비하게 양팔을 벌렸다.

리키마루와 세이기는 한 순간 시선을 주고받은 뒤에 살짝 로스트와의 거리를 좁혔다.

그리고──,

동시에 달려들었다.

완전히 싱크로된 움직임.

마치 연습을 거듭한 듯한 훌륭한 연계.
리키마루의 주먹이 로스트의 왼쪽 가슴을 뚫고, 세이기의 검이 오른쪽 가슴을 뚫었다.
로스트가,
──졌다.
깔끔하게.
몸에 뚫린 두 개의 구멍에서 검은 점액이 울컥하고 쏟아졌다.
죽은 마왕 후보는 검은 늪에 삼켜져 연옥으로 보내진다. 검은 늪은 죽음의 사자이며 마족이라고 해도 거기서 도망칠 수 없다.
그래야 한다,
하지만──,
로스트는 여전히 온화하게 미소 짓고 있었다. 기분 나쁠 정도로.
그리고 이겼을 터인 리키마루와 세이기의 표정이 시원치 않았다.
리키마루와 세이기는 로스트에게서 떨어져 뒤로 크게 물러났다.
"이, 있잖아, 세이기. 손에 오는 느낌이 전혀 없었는데?"
"그래…… 이 녀석의 몸은, 대체──."
로스트의 몸을 집어삼킬 줄 알았던 콜타르 같은 검은 점액은 갑자기 리키마루와 세이기를 덮쳤다.
"뭣?!"
둘은 더 크게 뒤로 도약했다.
"대, 대체 뭐냐?! 왜 리키마루와 세이기를 집어삼키려고 하는 거냐!"
"모르겠군…… 왜 죽은 자가 아니라 우리를 집어삼키려고 하는 거지?!"

로스트는 싱긋 미소 지었다.

"어라? 날 죽일 수 없는 거야? 조금 기대하고 있었는데 말이야."

검은 늪은 마족을 사자의 세계로 보내는 죽음의 사자.

——사신.

설마.

세이기는 검을 고쳐 잡았다.

"무슨 속임수인지 모르겠지만…… 내 검이 베지 못하는 것은 없다!!"

다시 공격했다.

이번에는 더 빨랐다. 눈으로 볼 수 없을 정도로 빠른 돌입, 일격이 로스트의 머리를 깨부쉈다.

——그런 것처럼 보였다.

"아니……."

로스트의 오른손이 세이기의 검을 받아내고 있었다.

그 손은 칠흑의 장갑에 감싸여 있었다.

불길함이 전해져 오는 팔—— 그야말로 사신의 갑주 같았다.

"네놈…… 어느 틈에."

아까 전까지는 맨손이었다.

하지만 한순간—— 보였다. 로스트의 팔에 검은 늪이 들러붙는 것을.

이건 그 검은 늪이 경화되어 만들어진 것인가?

로스트가 온화하게 미소 지었다.

“이게 내 고유마법「드리밍」이야.”

세이기는 미간을 찌푸리고 칼자루에 힘을 줬다. 로스트는 그런 세이기를 달래는 것처럼 웃으면서 바라봤다.

“더 할 거야?”

“뭐라고?”

“그도 그럴 게, 내 실력을 보고 싶어 했잖아? 그럼 목적은 이미 달성했잖아.”

“……그럴지도 모르겠군. 하지만 네놈보다 못하다고 여겨지는 것도 부아가 치미는 일이다.”

세이기는 모래를 박차 뒤로 날아서 한 번 더 거리를 뒀다.

“나도 제 실력을 내도록 하지.”세이기에게서 느껴지는 마력이 바뀌었다. 아까 전과 비교하면 다른 사람처럼 강대해져 갔다.

검을 뒤로 빼고 칼끝을 로스트에게 겨눴다.

“저세상에 가서 자랑스러워해라. 내 고유마법에 도륙당했다는 명예를 말이다.”

모래 속에서 갑자기 검이 생겨났다.

한 자루, 두 자루, 계속해서, 그리고 다 셀 수 없을 정도의 검이 칼끝이 위를 향한 상태로 튀어나왔다.

로스트는 금세 바늘로 된 산속에 고립된 상태가 되었다.

“나의 고유마법, 그 몸에 새기는 것이 좋을 것이다.”

땅이 흔들리고 모래사장의 모래가 요동치기 시작했다. 세이기의 마력이 점점 더 증대되어 갔다. 지금까지와는 다른 사람처럼 강대함과 무시무시함이 부풀어 갔다.

"흐음…… 이게 '저스티스'의 고유마법이구나."

로스트는 당황한 기색도 없이 경치를 즐기는 것처럼 늘어선 검을 둘러봤다.

"받아라! '식서스(666)'!!"

세이기가 그렇게 외쳤을 때――,

"흐아아아아…… 아아아아암~."

분위기에 너무나도 안 맞는 느긋한 하품 소리가 들렸다.

떨어진 모래사장에 비치 베드가 놓여 있었고, 거기서 뒹구는 형체가 보였다.

……대체 언제부터 저기에 있었지?

"나 참, 젊은이는 기운이 넘치네…… 낮잠도 못 자겠어."

비치 베드에서 몸을 일으킨 것은 알로하 셔츠에 반바지 차림을 한 사람. 쓰고 있던 선글라스를 벗은 얼굴은――,

"교장 선생님?!"

마왕학원의 교장, 간도 바르바토스였다.

"여어, 유우토. 여전히 인기가 많구만."

"예? 아, 아니, 오히려 아수라장이 세 개 정도 겹친 느낌인데……."

당황해서 대답하니 교장은 와하하하 하고 크게 웃었다.

"부럽다고! 진짜로! 질투마저 느껴지네!!"

등을 퍽퍽 맞았다. 눈이 정말로 진지해서 조금 무서웠다.

"그건 그렇고……."

교장은 로스트에게 시선을 돌렸다.

"네가「데스」의 마왕 후보인가."

비치 샌들을 신은 발로 무심하게 로스트를 향해 갔다.

항상 여유로운 웃음을 띠는 로스트의 얼굴에 처음으로 긴장한 빛이 서렸다.

교장은 눈앞에 멈춰서더니 턱수염을 쓰다듬으면서 물건을 감정하듯이 로스트를 쳐다봤다.

"한 번쯤은 얼굴을 비췄으면 했는데 말이야. 왜 학교에 안 오는 거지?"

로스트는 그 질문을 무시하고 대담하게 웃음을 지었다.

"설마…… 여기서 현 마왕을 만날 수 있을 줄은 몰랐어."

"핫핫하, 네가 마왕학원에 입학하면 언제든지 만날 수 있어!"

"난 그런 학원에 관심 없어."

"호오?"

"그런 건 사상누각이다. 언젠가 무너지지. 아니, 내가 무너뜨려 줄게."

"뭐야 뭐야? 교내 폭력인가? 선생님은 그런 건──."

교장은 씨익 웃었다.

"대환영이라고."등골이 오싹 떨렸다.

딱히 마력을 내뿜은 것도, 마법을 쓰려고 한 것도 아니다.

하지만 그 순간, 교장이 엄청나게 무섭게 느껴졌다.

그런 교장을 앞에 두고 로스트는 두려워하지 않고 도전적인 웃음을 띠었다.

"……난 마왕학원을 부술 거야. 그리고 당신도 말이야."

"호오, 꽤나 듬직하네."

"그런 표정을 지을 수 있는 것도 지금뿐이야."

"그러냐? 이래 봬도 선생님도 꽤 강한데?"

"옛날에야 그랬겠지?"

빈정거리는 웃음을 짓더니 로스트는 발길을 돌렸다.

"이제 당신의 시대는 끝났어."

그리고 뒤돌아보지 않고 숲 쪽으로 떠나갔다. 린네도 그 뒤를 따라서 모습을 감췄다.

갑작스러운 마무리에 우리가 어리둥절하고 있으니,

"자자, 너희도! 선생님의 낮잠을 방해하지 말라고. 해산, 해산!"

손뼉을 팡팡 치며 학생들을 쫓아냈다.

불만이나 의문도 있지만, 마왕 겸 교장의 말이니 따르지 않을 수가 없었다.

"……가자."

세이기가 불쾌한 듯한 목소리로 명령하여 하치마키, 코시라에를 거느리고 원래 왔던 방향으로 돌아갔다.

"그럼, 리키마루도 돌아갈까~!! 프롤, 가자~!"

'스트렝스'의 퀸, 이시와리 프롤도 마지못해 주먹을 내렸다.

"유우가오제! 다음에도 내가 너보다 위라는 걸 깨닫게 해줄 테니까! 각오해!"

미야비는 지친 듯 한숨을 쉬었다.

"그래 그래. 어찌 됐든 마왕 대전이니까. 받아줄게."

그리고 레이나와 소디아는──,

둘 다 아직도 검을 쥔 채로 서로 노려보고 있었다.

하지만 소디아가 두 자루의 검을 거두자 레이나도 안심한 듯이 칼을 내렸다.

그 순간,

——소디아가 다시 발도했다.

"레이나!!"

레이나의 목에 차가운 칼날이 들어왔다.

"……웃?!"

레이나는 꼼짝도 할 수 없다. 조금이라도 움직이면 목에 검이 박힌다.

소디아는 감정이 없는 목소리로 말했다.

"레이나, 이건 시합이 아니야. 상대가 검을 거뒀다고 해서 방심하면 안 돼."

"……네."

꿀꺽, 하고 레이나가 침을 삼켰다. 흐르는 땀이 검 끝으로 옮겨갔다.

소디아는 검을 빼더니 이번에야말로 검을 거두고 등을 돌려 떠나갔다.

"레이나! 괜찮아?"

달려가니 레이나는 눈썹을 팔자로 만들고 미소 지었다.

"또, 지고 말았어요……."

"아냐…… 무사해서 다행이야."

안심시키듯이 레이나의 어깨를 안았다.

일단…… 나도, 레이나도, 선배도 미야비도 무사했다.

——그렇지만 상당히 위험했다. 도저히 기뻐할 수 있는 분위기가 아니었다.

“응? 유우토, 너희는 왜 안 돌아가?”

교장은 그 자리에 남은 우리를 의문스러운 눈으로 바라봤다.

“아뇨, 저희는 네이트에게 이 장소를 빌렸어요. 별장에 신세를 지고 있어서.”

“아아! 그런 건가!”

방금 전의 수명이 줄어들 것만 같은 대화 따위는 없었던 것처럼 교장은 밝게 웃었다.

“여긴 좋은 해변이니 말이다! 몰래 오기엔 딱이지!”

……그렇다는 건, 교장도?“혹시 교장 선생님도 네이트에게 부탁해서 휴가를 보내고 있는 건가요?”

“아니, 선생님은 불법침입이다!”

에에에엑?!

아니, 뭐…… 마왕이니까 그 정도는 용서받겠지.

그렇게 생각했지만 그 후에 네이트가 오는 것을 보고,

“이런! 알겠냐, 선생님이 멋대로 여기서 논 건 비밀이다!”

허둥지둥 도망쳤다.

저런 게 마왕의 모습이라고 생각하니 기분이 조금 미묘해졌다.

제3장 특훈 중에 마메시바 떼를 주웠다

여름방학—— 서머 베케이션이다.

마계에서는 인간계에서 휴가를 보내는 것이 높은 신분의 상징이다. 왜냐하면 자유롭게 인간계에 갈 수 있는 것은 일부 귀족뿐이기 때문이다.

당연히 '월드'의 마왕 후보 아스피테 · 라인도 여름은 인간계에서 보내는 것이 일반적인 일이었다.

하지만 지금 있는 곳은 리조트가 아니다. 별로 특별한 것도 없는 주택가의 한 구석. 눈앞에 있는 집의 표찰에는 '모리오카'라고 적혀있었다.

적이긴 하지만 지난번에 '러버즈'의 〈〈나이트〉〉인 코이와이 레이나를 구하는 데 협력해줬다. 그 빚을 돌려받을 필요가 있다. 그래서 마왕 대전에 복귀하면서 유우토가 알고 있는 정보를 공개하게 만들 생각이었다.

그리고 현재 자신의 전력은 뭔가 불안하다. 카드는 전부 계약을 해제해버렸다. 저택도 아직 폐허와 마찬가지라서 한창 보수하는 중이다. 안전을 확보할 수 있는 장소가 없는 것이 문제였다.

학원에는 팰리스도 있지만, 일시적인 회합이라면 몰라도 계속 머무르는 것은 어렵다. 그리고 감시를 당하면 움직이기도 어렵다. 현재로선 이쪽의 진영이 갖춰질 때까지는 어떤 대책이 필요하다.

――상황에 따라서는 유우토, 네놈과 일시적인 공동전선을 펴 줄 수도 있다.

아스피테는 마음속으로 그렇게 생각하고 있었다.

여하튼 자신은 '월드'의 마왕 후보. 이만한 전력은 유우토 입장에서도 나쁜 이야기는 아니다.

그런 생각을 하면서 초인종을 누를까 말까, 10분 정도 고민했다.

대체 왜 내가 녀석의 집 같은 곳에 와야만 하는 거냐. 녀석이 나에게 오는 것이 당연한 도리라는 것이다.

그렇게 돌아가려고 했지만, 전화로 불러내려고 하면 빈틈없이 리제르가 따라올 것 같다.

수고를 들여 여기까지 왔다고 생각하며 다시 문 앞에 돌아가니――,

갑자기 문이 열리고 여성이 얼굴을 내밀었다.

"어머나?"

"오……."

아스피테는 허를 찔린 것처럼 굳었다.

"아! 혹시 유우의 친구야?!"

유우?!

녀석은…… 집에서 그런 부끄러운 이름으로 불리고 있는 것인가.

"아, 아니, 친구는 아니지만…… 뭐랄까, 관계를 표현하는 게 어렵다."

"어머나~! 엄청 미남이네! 멋져!""머……."

뭐, 뭐냐 이 여자는? 페이스가 흐트러지는군.

아무래도 인간인 것 같으니, 녀석의 카드는 아닐 것이다. 그렇다면 메이드인가? 아니, 서민 가정에서는 메이드를 고용할 여유는 없을 것이다…… 그렇다면, 녀석의 누나인가?

"정말~ 유우도 참, 남자인 친구도 제대로 있잖아. 다행이다~. 데려오는 애가 여자애뿐이었는걸. 그것도 엄청난 미소녀만! 이거 괜찮은 거야?! 여러 가지 의미로! 그런 생각을 하고 있었어!"

"그, 그런가…… 아니, 내 알 바 아니지만."

큭, 진정해라. 이 기묘한 분위기에 휘말리지 마라!

아스피테는 의식해서 야무진 표정을 지었다.

"그래서 모리오카 유우토는 어디에 있지?"

"어? 지금은 해외에 가 있는데? 하와이에."

"뭐라고오오오?!"

하, 하와이라고?! 이 치열한 마왕 대전이 한창인 상황에! 이 몸조차 이 땅에 머무르고 있는데!

"혹시 몰랐어?! 미안해! 리제르랑 모두와 같이 갔어. 아, 미야비랑 우리 레이나도 같이 갔는데?"

아스피테는 자신도 놀랄 정도로 쇼크를 받았다.

"이 몸이…… 일부러 찾아왔는데…… 부재중일 뿐만 아니라 해외…… 그 여자들이랑……."

자신이 왜 이렇게까지 데미지를 받았는지도 잘 모르겠다.

그래서 팔을 잡힐 때까지 여자가 현관에서 나왔다는 것을 알아차리지 못했다.

"자, 들어와, 들어와."

"무, 무슨 짓이냐?! 네놈!"

"모처럼 왔잖아. 놀다가 가. 사과의 표시로 아이스크림 줄게!"

"피, 필요 없다! 그딴 거!"

"그러지 말고! 괜찮아, 괜찮아! 유우가 학교에서 어떻게 지내는지 이야기도 듣고 싶으니까!"

"그, 그만둬라! 잡아당기지 마라!"

떨쳐내려면 떨쳐낼 수 있을 텐데, 어째서인지 그러지 못했다.

그리고 아스피테의 모습은 모리오카 가의 문 속으로 빨려 들어갔다.

◇ ◇ ◇

리제르 선배가 전날의 '저스티스'와 '스트렝스'의 습격에 대해 조사해보니, 정말로 단순한 우연이었다는 것이 판명되었다.

네이트는 미안한 듯 머리를 숙였다.

"침입자가 있다는 보고를 받고 서둘러 돌아가려 했지만…… 이래저래 시간이 걸려서 돌아가는 게 늦어져서…… 미안해."

네이트와 둘이서 오두막 거실의 소파에 앉아 마주 보고 있었다.

"아냐, 네이트가 사과할 일이 아니라니깐. 우리는 정말로 네이트한테 감사하고 있고, 무엇보다 네이트가 말려들지 않아서 다행이야."

나는 풀이 죽어 머리를 숙이는 네이트를 필사적으로 달랬다.

그때, 네이트는 인간계에 있었다고 한다. 서둘러 돌아와 보니, 마왕 후보급의 마력이 프라이빗 비치에 있는 걸 느끼고 스텔라에게 지원을 요청했다고 한다.

그 교섭에도 시간이 걸려서 오는 게 늦어졌다…… 이런 경위가 있었다고 한다.

하지만 그런 어수선한 사건 덕분에 한때는 어색해졌던 네이트와 다시 평범하게 얼굴을 맞대할 수 있게 되었다.

"저기…… 유우토, 그……."

새빨개져서 말하고 싶어도 말할 수 없다는, 그런 느낌으로 몸을 흔들고 있었다.

……평범하게 얼굴을 맞대할 수 있게 되었다── 이 말은 과장이었던 것 같다.

"네이트, 그 일 말인데──."

내 쪽에서 말을 꺼내려고 했을 때, 마침 미야비가 주방에서 얼굴을 내밀었다.

"유우토! 슬슬 가자! 오늘은 새로운 방법으로 특훈이야!"

팔을 잡아당겨서 어쩔 수 없이 소파에서 엉거주춤 일어났다.

"미안 네이트, 나중에 얘기하자."

네이트는 미묘하게 웃으면서 손을 흔들어줬다.

나는 미야비에게 끌려가는 대로 오두막에서 나와 모래사장으로 향했다.

"그래서 새로운 방법이라는 건 뭘 하는 거야?"

"수박 깨기래! 빠캉~!"

그건 정말로 특훈인지 격렬한 의문이 들었다.

◇◇◇

"그, 그럼, 셔, 셜명하겠습니다, 예요!!"

선생님은 직립부동 자세로 말을 마구 더듬었다.

"으으…… 레이나가 선생님이라니, 기, 긴장되는 거예요…… 예요."

"있잖아, 레이나. 학생은 오빠니까 그렇게 긴장 안 해도 괜찮아."

허리를 굽혀 눈높이를 맞추고 머리를 쓰다듬어줬다.

"에헤헤…… 고마워요. 긴장이 조금 풀렸어요."

"야~! 유우토, 나 때랑은 취급이 너무 다르지 않아?!"

바로 미야비가 불만의 목소리를 냈다. 하지만 나는 받아주지 않았다.

"소중한 우리 집의 여동생이니까. 당연히 다르지."

입을 삐죽이 내밀고 야유하는 미야비. 한편 우리 집의 여동생님은 기뻐서 어쩔 줄 몰라 하며 웃었다.

긴장을 푼 레이나가 가르쳐준 특훈의 순서는 이렇다.

①우선 목도를 준비한다.

②눈가리개는 필요 없다.

③준비한 수박이 하늘을 날아 덮쳐드니 목도로 때려 부순다.

——아니, 뭐야 그게. 내가 알고 있는 수박 깨기랑 달라!

그보다 수박이 하늘을 날겠냐!

"크억!!"

날아온 수박의 강렬한 일격을 맞고 나는 몇 번이나 모래사장에 쓰러졌다.

"유우토, 정신 차려!"

리제르 선배의 응원을 받고 일어섰다.

나를 둘러싸듯이 둥둥 떠 있는 녹색에 검은 줄이 들어간 구체, 수박이다. 반들반들한데 분명 차갑게 식혀서 먹으면 맛있을 것이다.

하지만 수박은 의지가 있는 것처럼 교활한 움직임으로 나를 농락했다. 다가오기도 하고, 떨어지기도 하고, 마치 도발하는 듯했다.

"젠장…… 수박이 왜 하늘을 나는 거야…… 흉폭한데."

"칠칠치 못하다고, 오빠! 근성이다! 팍팍 해치워~!!"

미야비의 그런 야유를 들으니 화가 나서 '이까짓 것쯤이야!'라는 생각이 들어 의욕이 났다. 하지만 화가 났다.

그런 때에 여동생 선생님의 조언이 날아들었다.

"오빠, 목도와 좀 더 친해져야 해요."

……친해져?

목도를 친구라고 하면 되는 건가?

레이나는 아무것도 없는 공간에서 애용하는 검을 끌어냈다.

"마족끼리 하는 칼싸움은 검과 함께 하는 싸움이 돼요."

"함께 하다니, 그야 무기로 쓰고 있으니까…… 그런 의미가 아니라?"

"네. 마족의 무기는 인간의 무기와는 달라요. 무기를 쓰는 법을 배우고 다루는 훈련을 하는 게 아니에요. 무기의 능력을 끌어내는 훈련을 하는 거예요."

나는 손에 쥔 목도를 쳐다봤다. 별 다른 특징 없는 목도로만 보이는데……?

"그건 연습용이지만, 이름은 '천하포무'라고 해요."

"목도 치고는 너무 힘을 준 이름이네……."

레이나는 손에 쥐고 있던 키보다 크고 투박한 칼을 뽑았다.

"참고로 레이나의 칼은 '퐁쨩'이라고 불러요, 예요!"

"……귀엽네, 좋은 이름이야."

칭찬해주니 거칠게 콧김을 흥 하고 뿜으며 득의양양. 귀엽다.

"그래서 그래서 말이에요. 마족의 무기에는 이미 힘이 깃들어 있어요. 공격력이나 스피드와 같은 성능이 이미 정해져 있어요. 무기의 주인이 하는 일은 무기가 본래 가지고 있는 힘을 얼마나 끌어낼 수 있느냐…… 그 연습인 거예요, 예요."

"그럼 이 경우에는 전투는 천하포무에게 맡겨두고 난 딱히 검술 연습을 할 필요는 없다는 거야?"

"맞아요 맞아요. 그 대신 강한 무기에는 그에 맞는 마력이 필요해져요. 그리고 무기를 사용한 전투를 반복해서 그 무기와의 친목을 다지는 거예요. 그렇게 해서 무기가 가진 능력을 상한까지 사용할 수 있게 되는 거예요."

다시 말해서 천하포무를 사용해서 경험치를 쌓으면 나도 자연스럽게 강해진다는 건가.

"능력을 상한까지 끌어낼 수 있게 되면 어떻게 돼?"
"그 이상의 전투력이 필요하면 더 강한 칼로 바꾸는 수밖에 없어요."
그렇군. 약간 게임 같네.
"이 목도…… 천하포무는 얼마나 강해?"
"그 수박이랑 좋은 승부를 펼칠 수 있어요, 예요."
천하포무~~~~!! 이름값 못하는 것도 정도가 있잖아?!
"초보자 연습용이라서…… 그렇지만 엄청 다루기 쉬워서 추천이에요, 예요."
"아, 알았어. 아무튼 지금 내 짝은 이 녀석이지?"
레이나는 빙긋 웃으며 고개를 끄덕였다.
나는 천하포무를 쥐고 수박과 대치했다.
"목도에 자신의 마력을 주는 거예요."
레이나의 말대로 손바닥을 통해 목도로 마력을 보냈다.
"……오?"
왠지 지금까지의 목도와는 다르게 뭔가 바뀐 듯한 느낌이 들었다. 마치 메마른 나무가 소생하여 생명력이 넘치는 나무로 돌아간 것 같다고나 할까…….
――이봐, 천하포무.
마음속으로 말을 걸어봤다.
대답이 들린 건 아니지만, 뭔가 마음속에 울린 듯한 느낌이 들었다.
――저 수박을 깨고 싶어.

그렇게 말을 걸고 있을 때, 수박이 재빠르게 부딪쳐 왔다.

"읏!"

자연스럽게 팔이 움직였고, 천하포무가 수박의 돌진을 막아내고 있었다.

내 의지가 아니다. 아니, 막으려는 생각은 했지만, 실제로 팔을 어떻게 움직일지는 생각하지 않았다.

천하포무와 내 몸을 움직이는 듯한, 몸과 목도가 하나가 된 듯한—— 신기한 감각이었다.

"그렇게 하는 거예요, 예요!"

레이나의 응원을 받고 나는 천하포무를 쥐었다.

——간다.

수박이 빈틈을 살피듯이 눈이 핑핑 돌도록 날아다녔다. 나는 그 수박을 향해 달렸다.

수박은 페인트를 거는 듯한 움직임을 취한 뒤에 갑자기 덮쳤다.

"!!"

손안의 천하포무와 내 몸이 싱크로되었다.

스스로도 반할 것만 같은 움직임이었다.

천하포무를 한 번 휘두르니 수박이 빨간 과즙을 뿜어내며 절반으로 쪼개졌다.

"해냈다, 해냈어요! 오빠!!"

나는 스스로 해냈다는 실감을 전혀 느끼지 못한 채로 손에 쥔 천하포무를 바라봤다.

"그런가…… 이게 마족의 무기, 싸우는 방식인가……."

나는 천하포무에게 말을 걸었다.
"앞으로도 잘 부탁한다! 파트너!!"
"아, 천하포무는 이제 됐어요, 예요."
"어?"
"지금의 일격으로 오빠는 이미 천하포무의 힘을 전부 끌어냈어요."
"뭐…… 뭐라고――?!"
이게 무슨 일이냐…… 너랑은 이제 이별인가!
천하포무와는 겨우 몇 시간밖에 못 지냈지만 어째서인지 묘하게 슬퍼졌다.
"휴~, 휴~! 멋있어, 유우토!!"
"잘했어, 유우토."
미야비와 리제르 선배도 박수를 짝짝 쳐주었다.
"감사합니다…… 아, 그러고 보니."
리제르 선배가 '스트렝스'의 에이스를 쓰러뜨렸을 때를 떠올렸다.
"전에 본 선배의 활 말인데요, 그게 선배의 무기인가요?"
"맞아. 히메가미 가에 전해지는 혈족 마법 '큐피드'."
"엄청났어요. 제가 그런 상황에 처하지 않았다면 쉽게 리키마루를 쓰러뜨리지 않았을까요."
"아니. '스트렝스'의 마왕 후보는 그렇게 호락호락하지 않아."
"네? 하지만 '간단해'라고……."
"허세인걸."

……이런 부분은 역시 대단하다. 간이 크다고 해야 하나——두려움마저 느껴졌다.

내가 죽을 뻔한 상황이긴 했지만, 주저 없이 이고르를 꿰뚫는 냉철함.

오발이 허용되지 않는 그 상황에 정확하게 활을 쏘는 정신력.

한 발의 화살로 이고르를 쓰러뜨리고 리키마루를 위협하려는 대담함.

다시금 리제르 선배의 대단함을 느낀 순간이었다.

평소의 상냥한 선배와는 다른, 마왕 대전을 치르는 마족으로서의 일면.

상냥하기만 한 게 아니라 때로는 가차 없이 적을 쓰러뜨린다. 그런 결단을 내릴 필요가 있다.

그렇지 않으면 월등한 괴물들, 줄지어 늘어선 최강들을 무찌르는 일 따위는 불가능하다— 그런 가르침을 받은 듯한 느낌이 들었다.

"나도 그걸 좀처럼 본 적이 없으니까, 쓰는 경우가 꽤나 레어하지?"

"그래?"

"응. 그걸 쓸 수 있으니까 히메가미 가는 '러버즈'의 마왕 후보를 배출하고 있었지. 그래서 다들 다음 마왕 후보는 선배일 거라고 생각하고 있었는데."

"그렇네. 말하자면 '큐피드'가 '러버즈'의 마왕 후보의 증표라고 일컬어지고 있었지."

"그랬나요……."

그걸 내가 가로챈 꼴이 된 건가. 왠지 선배에게도, 그 일족에게도 미안한 마음이 들었다.

하지만…… 나도 '러버즈'의 마왕 후보라면, 똑같은 무기를 쓸 수 있지 않을까?

"아! 미야비의 혈족 마법을 카피한 것처럼 나에게 선배의 혈족 마법을 이식하는 것도 가능할지도?"

리제르 선배는 난처한 듯이 미소 지었다.

"이 혈족 마법은 혈족 외에는 전수가 금지돼있어. 아무리 유우토라고 해도 줄 수 없어. 그리고 상성을 많이 타니까 이식해도 정상적으로 기능하지 않을 거야."

"그런가요…… 뭔가 터무니없는 말을 해서 죄송해요."

어째서인지 갑자기 부끄러워졌다.

그런 나를 위로하듯이 리제르 선배는 내 몸에 바싹 붙어서 팔짱을 꼈다.

"그렇게 아쉬운 얼굴 하지 마. 유우토는 더 좋은 걸 익히게 할 생각이니까."

――어? 더, 좋은 것?

"그건 유우토만이 쓸 수 있는 마법."

좋은 것이라는 건 그런 것인가.

"이번 특훈으로 익히려는 필살기…… 맞죠?"

하지만 그게 무엇인지 전혀 상상이 안 됐다.

그런 내 마음을 읽은 것처럼 리제르 선배는 물어봤다.

"유우토는 현재 자신에게 필요한 건 어떤 고유마법이라고 생각해?"
"그런 걸 물어봐도……."
"잘 생각해. 전에 리키마루와 싸웠을 때, 유우토는 뭘 느꼈어?"
"그건……."
자신의, 실력 부족이다.
리키마루의 '스트롱기스트'의 압도적인 힘. 그 힘 앞에서는 내가 이번 여름에 익힌 상급 마법도 도움이 되지 않았다. '인피니트 · 러버즈'를 아무리 오래 쓸 수 있게 된다고 해도――?
"아……."
난 잠꼬대를 하듯이 중얼거렸다.
"……공격 능력."
리제르 선배는 만족스럽게 끄덕였다.
"그래, '힐링 · 러버즈'도 '인피니트 · 러버즈'도 사랑의 힘으로 마력을 나누거나 마력을 만들어내는 마법. 그건 적과 싸우기 위한 마법이 아니야. 정말 '러버즈'답고 유우토다운 아름다운 마법이지. 하지만 그것만으로는 싸움에서 이길 수 없어."
나도 힘차게 고개를 끄덕였다.
"그러니 유우토, 너만의 공격 마법이 필요해."
'러버즈'의 고유 공격 마법인가…….
자연스럽게 리제르 선배의 활이 떠올랐다.
"저도 스스로의 힘으로 '큐피드'를 익히라는 말인가요?"
하지만 리제르 선배는 곤란한 듯이 고개를 기울였다.

"나도 모르겠어. 그건 아직 아무도 본 적이 없는 마법이니까."

"하지만…… 리제르 선배는 그 존재를 알고 있었죠?"

"맞아. 나도 어떤 사람한테 들었어."

어?

"저기, 그…… 어떤 사람이라 하면?"

리제르 선배는 검지를 입술에 대고 한쪽 눈을 감았다.

"비밀이야♡"

나는 힘없이 웃을 수밖에 없었다.

"고유 공격 마법을 쓰기에는 아직 일러. 지금은 아무튼 마력량의 상한을 올리는 것. '인피니트 · 러버즈'의 한계 시간을 늘리는 것. 거기에 집중해."

"아, 네!"

그렇지만 신경은 쓰였다.

'러버즈' 아르카나에 잠들어있는 고유마법…….

그건 대체 뭐지?

며칠 후부터 더욱 실전에 가까운 훈련을 하게 되었다.

해변 뒤에 우뚝 솟아있는 '감옥산'에 들어가 나타나는 마물을 쓰러뜨리는 훈련이었다.

——하지만,

"……길 잃었다."

네이트가 말한 대로 낮인데도 어둑어둑했다. 날이 맑을 텐데 하늘도 필터를 씌운 것처럼 어두웠다. 숲의 나무도 전부 회색이라 기분이 침울해졌다.

게다가 방향을 전혀 알 수 없었다. 산이니까 아래를 향해서 가면 해변에 돌아갈 수 있을 줄 알았는데, 어느샌가 또 언덕을 오르고 있었다.

한 번 들어가면 좀처럼 빠져나올 수 없다는 말은 사실인 듯했다. 이러니 리키마루나 세이기가 길을 잃은 것도 이해가 갔다.

멀리서 짐승이 으르렁거리는 소리가 울렸다.

위험한 마수가 잔뜩 있다는 이야기를 들었지만, 다행히 아직 한 마리도 마주치지 않았다. 아니, 특훈이니까 마수와 조우하지 못한 건 불행인가?

하지만 원래는 4인 파티로 마수와 싸울 예정이었다. 도중에 안개가 짙어졌다고 생각했을 때는 이미 모두와 떨어진 뒤였다.

만약 이대로 만나지 못하고…… 진짜로 조난당하면……?

이 음울한 숲 때문인지 나쁜 생각만 들었다.

"……응?"

나무들 틈으로 무언가가 보였다.

쭉 뻗은 나무판. 지붕이나 그런 물체 같았다.

키 큰 풀을 헤치고 나아가보니——,

그곳은 약간 탁 트인 곳이었고, 안쪽에 한 채의 산장이 있었다.

"네이트가 산장이 있다고 말했는데…… 이걸 말한 건가?"

뒤에 있는 잿빛 숲에 삼켜지기 직전—— 이런 분위기였다. 전체적으로 약간 기울어 있고 입구의 문도 떨어지려 하고 있었다. 벽에는 담쟁이덩굴이 얽혀있고 지붕에는 풀이 마구잡이로 자라나 있었다. 상당히 폐허 같은 모양새였다.

상태가 이래도 밖에서 쉬는 것보다는 안전할지도 모른다. 게다가 비상용 연락수단이나, 식량이나, 뭔가 있을지도 모른다.

문틈으로 안에 들어가 보니, 그야말로 산장이라는 분위기였다. 일단은 가구도 갖춰져 있는데……?

발치에 뭔가 떨어져 있었다. 보니까 찢어진 포장지와 먹다 남은 비스킷 찌꺼기 같은 것이 있었다.

이게 뭐지? 누가 여기서 간식이라도 먹었나?

고개를 드니 눈앞의 찬장이 열려있었고, 그 안이 어질러진 것처럼 보였다.

설마…… 마수가 식량을 뒤졌나?등줄기가 오싹해졌다. 일어나서 경계하면서 방 안을 둘러봤다.

아직 이 산장 안에 있을지도 모른다.

"아르카나, 가까이에 위험은 없어?"

'보고. 주위에 위협이 되는 것은 없습니다.'

그런가── 라고 말하며 안도하면서 가슴을 쓸어내렸을 때,

"쿠어어어어어어어어어어어어어어어어어어어어어어엉!!"

찬장의 상단이 열리며 작은 몸이 튀어나왔다.

"읏?!"

마수인가?!

아르카나가 감지하지 못했다니!

반쯤 혼란에 빠져서 덤벼든 그것을 공중에서 막아냈다.

그것은 으르렁거리며 흥분한 울음소리를 내며 털을 곤두세웠다.

머리에서 돋아난 귀. 다 드러낸 송곳니. 돌돌 말린 꼬리.

……개?

하지만 얼굴도 체형도 인간이었다. 그것도 작은 여자아이. 왠지 마메시바를 의인화한 듯한 분위기가 났다.

“놔, 놔라! 놔라 멍!!”

“아아…… 미안.”

바닥에 살짝 내려줬다. 그러자 재빠르게 손에서 도망쳐 뒤에 있는 테이블 위에 뛰어 올랐다. 그리고 네 손발로 기는 자세로 위협하듯이 으르렁거렸다.

“너! 폴란을 죽이러 왔냐 멍?! 그렇게 쉽게는 안 당할 거다멍!”

“지, 진정하라니까. 아무 짓도 안 해!”

“거짓말이다멍! 넌 분명 귀족일 거다멍! 사냥하러 온 게 아니면 이런 산속에는 안 온다멍!”

“아니, 난 인간이라고.”

“……멍?”

그 아이는 고개를 위아래로 움직이며 나를 머리끝에서 발끝까지 살펴봤다.

갑자기 깔보듯이 웃었다.

“뭐야~. 인간이라고멍? 그럼 안 무서워멍.”

아까 전까지 당황한 모습은 어디로 갔는지, 테이블 끝에 걸터앉아 한껏 거만한 태도를 취해 보였다. 뭔가 귀엽다.

"너, 폴란한테 잡아먹히기 싫으면 말을 들어라멍."

프랑크푸르트 소시지를 무는 것도 어려울 것 같은 작은 입으로 거만하게 말했다.

외모는 초등학교 중학년에서 고학년 정도.

귀와 꼬리가 돋아난 마족이면…… 혼혈 마족인가.

체육대회 연습 때 시비를 걸어온 기가라나 갈색 얼룩 고양이처럼 생긴 네코베 먀와 동족이다. 그러고 보니 먀는 진짜로 데뷔했는지 텔레비전에서 고양이 캐릭터로 개성적으로 활약하고 있었지. 여담이지만.

"알았어, 폴란. 내 이름은 유우토야."

그러자 폴란은 천장을 향해 말을 걸었다.

"이봐~, 이 녀석은 괜찮다 멍. 다들 나와라멍."

다들? 이라고 생각하고 있으니 천장의 일부가 열리고 거기서 더 작은 강아지처럼 생긴 아이들이 우르르 뛰어 내려왔다. 전부 다섯, 아니 여섯 명인가.

"꽤나 많네……왜 다락에 있는 거야?"

"숨어있었다 멍. 폴란과 모두는 귀족에게 사냥을 당하고 있다 멍……."

"사냥…… 당한다니."

나는 불안하게 쳐다보는 아이들을 바라봤다.

"그 말은 놀이 같은 게 아니라 진짜로?"

"물론이다 멍. 발각되면 죽는다멍. 아마 다른 동료도 이미……."

폴란이 분하다는 듯이 중얼거렸다. 그러자 다른 아이들의 눈에 눈물이 글썽거렸다.

"하지만 혼혈 마족이라고 해도 마족이잖아? 사냥당한다니…… 어째서."

"폴란과 모두가 사는 마을을 통째로 사들인 귀족이 있다멍. 그 녀석이 마왕 대전의 연습이라면서 폴란과 모두를 사냥감으로 삼고 있다멍."

——설마.

'그래. 마왕 대전에 본격적으로 참전함에 있어서 가벼운 몸풀기로 사냥을 하고 있다. 하지만 사냥감을 쫓는 사이에 길을 잃고 말았다.'

산노 세이기가 말한 사냥이라는 건…… 이걸 말하는 건가?

폴란과 그 동료들을 다시 살펴보니, 종족은 달라도 다들 귀나 꼬리가 돋아난 혼혈 마족. 마수의 피를 받아들인 마족이다.

순혈에 비해 신분이 낮다고는 해도, 그중에는 귀족의 칭호를 얻어 마왕학원에 다니는 자도 있다. 그런 반면에 이렇게 심한 짓을 당하는 마족이 있을 줄은 몰랐다.

그때, 천장 뒤편에서 또 한 명의 작은 아이가 내려왔다.

"크, 큰일이다멍! 영주가 이 집 앞에 있다 멍!"

"?!"

아이들이 낑낑대며 불안한 듯 술렁거리기 시작했다.

"무슨 일이야?"

"무슨 천하태평한 소리를 하는 거냐멍! 이곳의 영주는 마왕 후보! 마왕 후보는 무섭고 잔인하고 냉혹하고 무서운 힘을 가진 녀석들이다멍!! 발각되면 틀림없이 반쯤 장난으로 살해당하고…… 너 같은 건 그들이 보기만 해도 죽을 것이다멍!!"

"그, 그래……."

하지만 이곳의 영주는…… 네이트지?입구의 문이 삐걱이며 약간 열렸다.

"유우토…… 있어?"

아니나 다를까 조금 불안해 보이는 네이트의 얼굴이 틈새로 엿보였다.

"꺄이이이이이이이이이이잉잉잉?!"

혼혈 마족 아이들이 일제히 내 뒤로 숨었다.

"뭐, 뭐야? 왜 그래?"

네이트는 놀란 듯이 눈을 깜빡였다.

"그 애들…… 혹시."나는 뒤에 숨은 녀석들에게 웃어 보였다.

"괜찮아. 저 누나는 착한 사람이야. 마왕 후보 중에도 좋은 사람은 있어."

바로는 믿을 수 없는지 털을 곤두세운 채로 부들부들 떨고 있었다.

"미안, 네이트. 이 아이들 말인데, 여기로 도망——."

"유우토의, 사생아……."

"아니야!!"

설마 그런 상상을 초월하는 오해를 받을 줄은 몰랐다 멍.

"그렇구나…… 그런 큰일을 당했구나…… 불쌍해라……."

네이트는 무릎 위에 가장 작은 아이를 올리고 머리를 쓰다듬어주고 있었다. 다른 아이들도 네이트의 몸에 딱 붙어있었다. 마치 서로 체온을 나눠주는 듯했다.

네이트가 들어왔을 때는 모두가 죽음의 공포에 질려서 그저 떨기만 했지만, 금방 네이트가 무서운 귀족이 아니라는 걸 안 모양이다.

폴란은 그 모습을 보고 입을 딱 벌렸다.

"놀랐다 멍…… 이런 귀족도 있다니…… 게다가 마왕 후보라니."

그리고 의심스러운 눈빛으로 나를 봤다.

"유우토가 마왕 후보라는 건 아직 믿을 수 없다멍……."

"하하, 나도 그렇게 생각해."

그건 그렇고 이렇게 작은 아이들이 이렇게 가혹한 일을 당하고 있다니…….

"저기, 네이트. 할 얘기가 있는데……."

"응. 이 아이들은 우리 영지의 시설에 데려갈 거야. 거기라면 안전하고 다른 마왕 후보도 손대지 못할 거야."

……역시.

"정말, 착하구나. 네이트는."

네이트는 얼굴이 약간 빨개져서 고개를 숙였다.

"……나도, 내 생각밖에 안 해."

"충분히 다른 사람을 생각해주고 있잖아."

"아냐. 난 내가 괴롭힘당하지 않았으면 해서…… 그래서 되도록 다른 사람에게 미움받지 않도록 하자는, 그런 이유로 한 행동이야. 유우토처럼 정말로 상대를 생각해주는 건 아니라고 생각해."

그런 식으로 생각하나? 인간이라면 충분히 '된 사람'이라고 평가받을 거라 생각하는데…….

"하지만…… 마왕 대전에서 누가 이길지는 모르겠지만, 새 마왕이 어떻게 하느냐에 따라서 내 영지도 빼앗길지도 모르고…… 그렇게 되면 이 아이들도……."

……그런가. 만약 세이기가 마왕이 되면 자신의 사냥감을 가로챈 네이트를 용서하지 않을지도 모른다. 까딱 잘못하면 카르낙가를 없앨지도 모르고…… 그렇게 되면 네이트와 이 아이들도 어떻게 될지 모른다.

"……그래서 난 계속 고민하고 있어."

"뭘?"

네이트는 힘없이 웃음 지었다.

"내가 차기 마왕이 되는 건 무리라는 것은 알고 있어."

"네이트, 그런 식으로——."

네이트는 웃는 얼굴 그대로 부정하듯이 고개를 저었다.

"그렇지만 스텔라나 리제르가 있는걸. 나한테 승산 같은 건 없어…… 하지만 일족 사람들과 영지 사람들은 내가 이기기를 기대하고 있어. 모두의 운명이 달려있어……."

"네이트……."

나는 다시금 자신이 부담이 없는 위치에 있다는 것을 깨달았다. 알고는 있었다. 다들, 리제르 선배도, 미야비도, 다른 마왕 후보도, 그 카드들도 여러 가지를 짊어지고 있다는 것을.

하지만 실제로 당사자의 입으로 난처하다는 말을 들으면 실감이 난다.

"있잖아, 유우토."

"왜, 왜?"

"만약 유우토가 마왕이 되면 어떤 세상으로 만들고 싶어?"

"난……."

어떤 세상으로 만드느냐…….

막 마왕 후보가 되었을 때는 거기까지 생각할 여유가 없었다.

그저 눈앞에 닥친 일에 필사적으로 임했다.

하지만 언제까지고 그 물음에서 도망쳐서는 안 된다.

그래. 답을 찾는 것이다.

언젠가가 아니라, 지금 당장.

리제르 선배와 모두의 기대에 부응하고 싶은 것은 진심이다.

하지만 그것만으로는 다른 사람에게 책임을 떠넘기는 것 같다. 내 의지로, 내 입으로, 어떻게 할 것인지, 어떻게 하고 싶은지. 대답하는 거다.

수많은 운명을 좌우하는 일이다. 틀리는 것은 무섭다.

그렇다고 해서 대답하지 않는 것은 불성실한 일이다.

틀렸다면 나중에 고치면 된다.

지금 나의 솔직하고 거짓 없는, 올바르다고 생각하는 것을 말하는 거다.

"난…… 모두가 평화롭고 즐겁게 지낼 수 있는 세상으로 만들고 싶어."

네이트의 파란 눈동자가, 아이들의 작은 눈이 나를 지그시 바라봤다.

"모두의 바람을 전부 들어줄 수는 없어. 그래도 가능한 한 희망을 들어주고 싶어. 그리고 매일의 행복을, 애정을 느낄 수 있는 그런 세상으로 만들고 싶어."

네이트의 눈동자가 흔들린 것 같았다.

"그래도 말이야, 네이트. 가능한 한 바람을 들어주겠다고 했지만, 절대로 들어줄 수 없는 바람도 있어."

"그건…… 뭐야? 유우토."

"목숨을 빼앗는 것. 자유를 빼앗는 것. 영지를 빼앗는 것. 그건 절대로 용납할 수 없어."

네이트의, 그리고 아이들의 눈에 눈물이 맺혔다.

"그런가…… 응. 잘 알았어…… 유우토가 바라는 세상을."

폴란이 눈물이 찬 눈동자로 바라봤다.

"그런 걸…… 정말로 할 수 있어?"

"할 수 있다는 생각을 가지고 하지 않으면 실현되지 않아. 꿈은 누군가가 주는 게 아니야."

"정말, 인간은 바보다멍."

나는 코를 훌쩍이면서 웃는 폴란에게 미소를 돌려줬다.

그때—— 네이트의 안색이 변했다.

무릎 위에서 아이를 내리고 일어섰다. 그리고 창문 쪽을 바라봤다.

"네이트? 무슨 일——."

창문이 깨졌다.

불길과 부러진 나무틀과 유리가 오두막 안으로 날아 들어왔다.

"'바리카데'!!"

네이트가 바로 방어마법을 전개하여 아이들 앞을 막아섰다.

나는 튕겨나듯이 부서진 창문을 통해 바깥으로 뛰쳐나갔다.

바깥에는 한 남자가 검을 뽑아 그 칼끝으로 산장을 겨누고 있었다. 그 칼끝에는 지금 쏘았을 것이라 생각되는 마법의 마법진이 남아있었다.

나보다 몸집이 약간 작고 활기찬 소년 같은 분위기를 내는 그 녀석은——.

"'저스티스'의…… 코시라에 켄지였군."

천진함이 남아있는 얼굴에 교활한 웃음이 떠올랐다.

"참고로 《프린스》야. 사실 행방이 묘연해진 사냥감을 계속 찾고 있었어. 미안한데, 우리 사냥감을 돌려주지 않을래?"

"그 말은 들어줄 수 없겠는데."

나는 몸속에서 공격 마법의 마술 회로를 구축했다.

"저 아이들은 절대로 넘겨주지 않아!"

코시라에는 갑자기 웃더니 등을 돌려 도망쳤다.

"……어?"

잿빛 숲에 정적이 돌아왔다.

뭐지? 싸우는가 싶었더니 바로 도망쳤네?“유우토!”
네이트도 산장에서 뛰쳐나왔다.
“아아, 네이트. 상대는 ‘저스티스’의 프린스였어. 바로 도망쳐 버렸지만.”
“어…….”
네이트는 프린스가 사라진 숲을 보고 안색을 싹 바꿨다.
“분명 보고하러 갔을 거야…… 다음은 세이기와 다른 카드가 올 거야…….”
……그런가!
있는 곳이 알려지면…… 녀석이라면 네이트의 영지에도 억지로 발을 들일 것이다.
“쫓자! 네이트!!”
“응!”
네이트는 품에서 한 장의 카드를 꺼냈다. 그것은 ‘채리엇’ 아르카나. 그려진 그림은 두 마리의 스핑크스가 고대의 전차를 끄는 모습.
“‘탑 러너’!!”
복잡한 마술식이 아르카나에 그려진 것과 똑같은 전차를 만들어갔다.
아름다우면서도 단단한 장갑으로 보호받는 차체. 모든 것을 차버리는 가시가 달린 차륜. 그 전차를 끄는 것은 가면을 쓴 흑과 백의 스핑크스.그야말로 왕의 탈것과 같은 위엄과 호화로움을 갖춘 전차를 아이들은 입을 떡 벌린 채로 멍하니 바라보고 있었다.

"다들 타! 유우토도!!"

아이들을 데려가는 건 위험하지만, 여기에 남겨두고 가는 불안이 더 크다.

"알았어! 애들아, 서둘러!"

나와 폴란은 서둘러서 아이들을 안아 전차에 태웠다. 그리고 마지막으로 내가 타고 전차의 장갑을 붙잡았다.

"좋아, 가도 돼, 네이트!"

"다들 꽉 붙잡아!!"

네이트가 스핑크스에게 채찍질을 했다. 그러자 두 마리의 스핑크스는 중저음으로 포효하고 달리기 시작했다.

"꺄아아아아아아아아앙?!"

그 가속력과 스피드에 폴란과 아이들이 비명을 질렀다.

"괴, 굉장하다멍…… 아아?! 아, 앞에!!"

눈앞에는 나무들이 밀집되어 자라나 있었다. 하지만 네이트의 전차는 똑바로 돌진했다.

"그 무엇이든 날 막을 수는 없다!!"

네이트는 눈을 번쩍이며 입가에 미소를 띠고 있었다.

고삐를 쥐면 사람이 변한다. 하지만 그 점이 든든했다.

눈앞에 막아서고 있던 나무를 분쇄했다.

"오오오오오오오?!"

나도 아이들도 눈을 휘둥그레 떴다.

전차는 앞을 가로막는 숲을 아랑곳하지 않고 나아갔다.

가지를 부러뜨리고 줄기를 쓰러뜨리며, 길 없는 숲에 길을 까는 것처럼 일직선으로 숲을 돌파하여 맹렬한 스피드로 내달렸다.

고삐를 쥔 네이트는 멀리 있는 한 점을 계속 바라보고 있었다.

"이 앞은 산노 가의 영지야. 거기로 도망치면 손 쓰기 어려워져…… 우리 영지에서 나가기 전에 반드시 잡을 거야……!"

"방향은 이쪽이 맞아?!"

"……아마도."

갑자기 눈앞이 트였다. 산길로 나온 듯했다. 폭은 좁지만 어딘가로 통하는 길이다.

"분명 이 길로 갔을 거야!"

"응! 스핑크스도 발자국을 찾은 것 같아! 달린다!!"

네이트의 눈빛이 변했다. 그리고 다시 스핑크스에게 채찍질했다.

거듭해서 가속. 풍경이 바람처럼 날아갔다.

그리고 길 끝에 달리는 사람의 모습이 보였다.

"찾았다!"

저 뒷모습, 틀림없이 코시라에다. 하지만 빠르다. 아마 '스트라이드'를 쓰고 있을 텐데, 나보다 스피드가 현격히 빨랐다.

좌우의 숲이 끊어졌다.

초원이 펼쳐졌고, 그 앞에 강이 가로놓여 있었다.

"저 강을 넘어가면 산노 가의 영지야!!"

강은 얕고 폭이 넓었다. 코시라에는 이미 강에 들어가 물보라를 일으키며 계속 달리고 있었다.

"유우토, 부탁해!"

네이트는 필사적인 시선을 보냈다.

"응!!"

나는 손을 뻗어 전격계 마법진을 전개했다.

전격이여, 하늘을 달려 녀석을 쏘아 떨어뜨려라!"'선더리오'!!"

번개가 강에 떨어져 물속을 달렸다.

전기로 된 팔이 코시라에의 몸을 순식간에 따라잡아 붙들었다.

"끅?! 꺄아아아아아아아아아아아아아아아아아아아~~!!"

코시라에의 발이 멈추고 경련이 일어난 것처럼 온몸을 떨었다.

"……컥."

온몸에 하얀 연기를 피우며 몸이 기우뚱 넘어갔다.

그리고 물보라를 일으키며 강 속에 쓰러졌다. 강 속에서 검은 액체 같은 것이 솟아나서 그 몸을 강 속으로 끌고 들어갔다.

네이트는 고삐를 당기고, 스핑크스는 방향을 바꿔 스핀 턴. 아슬아슬하게 강 바로 앞에서 옆으로 정차했다.

"어떻게든 때를 맞췄네."

전차는 강 바로 앞에서 멈췄다.

"응. 고마워…… 유우토."

"나야말로 고마워. 네이트."

그렇게 말하자 네이트는 아까 전까지의 씩씩함은 어디로 갔는지 고개를 숙이고 양손의 손가락을 꼼지락거렸다.

폴란이 나를 지그시 쳐다보고 있었다.

"넌…… 진짜로 마왕 후보였다멍……."

"그래, 일단은 말이야."
"분하다, 멍……."
"분하다니, 뭐가?"
폴란은 입술을 깨물었다.
"……인간이라도 그렇게 강해질 수 있는데…… 그런데 폴란은……."
그런가…… 자신의 힘으로는 동료들을 지킬 수 없는 걸 마음에 두고 있구나.
"아직 어리니까. 더 크면 강해질 수 있을지도 모른다고?"
하지만 폴란은 어깨를 축 늘어뜨렸다.
"틀렸다 멍. 혼혈 마족은 융합한 마물 이상의 힘은 낼 수 없어서…… 강해지려면 다른 마물의 피를 더 들여야만 한다…… 멍."
네이트가 걱정스러운 표정을 지었다.
"그건 위험한데? 그만두는 편이 좋을 거야."
"알고 있어멍. 그래서 희생된 동료도 있다멍."
"희생……?"
"폴란이 더 어렸을 적에 귀족이 마을을 찾아와서 다른 마물과 융합해서 강해지고 싶지 않냐면서 희망자를 모았다멍. 그래서 몇 명의 동료가 그 귀족에게 끌려갔다멍."
"그건…… 실험——."
네이트가 화들짝 놀라 입을 막았다.
하지만 폴란은 알아채지 못했는지 그대로 이야기를 계속했다.
"그중에는 폴란이 정말 좋아하던 오빠도 있었다 멍. 진짜 오빠는 아니지만 강하고 다정해서 마을 아이들은 모두 좋아했다 멍."

폴란의 꼬리가 자연스럽게 좌우로 흔들렸다.

"괴롭힘당하는 아이가 있으면 도우러 와주고, 다치면 치료해주고, 배가 고프면 밥을 나눠주고…… 정말 모두가 도움을 받았다멍. 폴란의 동경의 대상이었다멍."

"그래서…… 그 오빠는 어떻게 됐어?"

"……죽었다고 들었다멍."

"……그런가."

네이트도 슬프게 눈을 아래로 떨궜다.

"있잖아, 폴란…… 모두에겐 각자의 역할이 있다고 생각해."

"?"

"싸우는 건 나랑 네이트한테 맡기고, 넌 어린 동료들을 돌봐줘."

"그렇지만……."

"그것도 중요한 싸움이야."

폴란은 납득할 수 없다는 눈치였지만, 어린 동료들의 모습을 보고 마지못해 고개를 끄덕였다.

그때,

계속 듣고 싶었던 목소리가 날 불렀다.

"유우토! 이런 곳에 있었구나."

숲속에서 나온 사람의 형체가 손을 흔들었다.

"리제르 선배! 그리고 미야비, 레이나도!"

이어서 모습을 드러낸 미야비와 레이나가 달려왔다.

"정말~ 한참 찾았잖아~ 아니, 왜 네이트가?"

"그리고 작은 혼혈 마족이…… 귀여워요, 예요♡"

나는 선배에게 경위를 이야기한 뒤에 다 같이 산을 넘어 해변으로 돌아갔다.

네이트가 특수한 나침반을 가지고 있어서 길을 안내해줬다. 그걸 쓰면 방향을 알 수 있다고 한다.

"이 나침반 없이 산에 들어가는 건, 자살행위."

――라며, 조심스러운 목소리로 더듬더듬 리제르 선배에게 잔소리했다.

"그, 그렇구나, 미안해."

라며 순순히 사과하는 선배. 리제르 선배가 잔소리를 듣다니, 정말 진귀한 광경이다.

아이들은 시설로 이송할 준비가 다 될 때까지 별장에서 돌보기로 했다.

세이기 일행도 여기에 몰래 숨겨둔 것을 알 수 없을 것이다.

얼마 전에 여기에 한 번 왔으니, 한 번 더 조사하러 올 것이라 보기는 어렵다. 게다가 교장의 중재까지 있었다.

이제 이걸로 괜찮을 것이다.

――하지만 아이들이 있는 상태로 우리가 특훈을 하기에는…… 문제가 있다. 여러 가지 문제가.

어떡할지 생각하고 있으니, 리제르 선배가 뭔가 생각난 것처럼 말했다.

"합숙 장소를 바꾸자."

"네?!"

나와 미야비, 레이나는 서로 얼굴을 마주봤다.

“저기…… 다음은 어디로?”

리제르 선배는 팔짱을 끼고 기합이 들어간 얼굴로 미소 지었다.

“비밀이야.”

“……그렇겠죠.”

이번에는 어디로 끌려가게 될지. 우리의 마음에 기대와 불안이 소용돌이쳤다.

마왕학원의
반역자

제4장 자매의 유대

——인간계 번화가.

네온이 반짝이고, 그 빛에 이끌린 벌레처럼 수많은 인간이 다가왔다. 그런 무리 속을 한 여자가 걷고 있었다.

아름다운 금발에 햇볕에 약간 탄 건강한 피부. 마치 풀 사이드에라도 있는 듯한, 리조트 느낌이 감도는 스타일. 여름에 딱 맞는 모습이지만 길거리의 번화가를 걷기에는 너무 선정적이었다.

"오, 너 몸매 엄청 좋네! 귀엽고!"

50미터를 걸을 때마다 경박한 남자가 말을 걸어왔다. 하지만 그녀에게는 할 일이 있었다. 그 모든 것을 무시하고 걸어갔다.

하지만 다음으로 말을 걸어온 갈색 머리 남자는 끈질겼다.

"어이어이, 너무 그렇게 무시하지 말라고~."

짜증이 난 목소리에 협박이 아주 약간 섞였다. 여자 앞으로 돌아 들어가 가는 길을 막았다.

여자는 문득 미소 지었다.

"어머, 너무 가까이 오면 화상 입을 건데?"

"하핫! 뭐야 그거? 엄청 구닥다리 대사……?!"

다음 순간, 남자의 몸에 불이 났다.

"꺄아아아아아아아아아아아아아아아아아아아아아아악?!"

불타는 옷을 필사적으로 벗고 땅을 굴렀다. 갈색으로 염색한 머리카락도 불타올라 손으로 쥐어뜯어 끄려고 했다. 하지만 불은 꺼지지 않고 손을 문드러지게 했다.

"누, 누가 좀! 살려줘어어어어어!"

마구잡이로 뛰어다니니 주위 사람들은 비명을 지르며 우왕좌왕했다. 금발의 여자는 그런 아비규환의 도가니로 변한 거리에서 방향을 꺾어 시원스럽게 걸어갔다.

그리고 공사 현장의 한구석으로 모습을 감췄다.

번화가 한가운데에 뻥 뚫린 공터. 재개발을 위해 원래 있던 작은 가게를 부순 땅이다. 눈부신 네온의 바닷속에서 그곳만은 심해처럼 어두웠다.

여자는 그 안으로 들어가자 말을 걸었다.

"늦어서 미안~. 정말이지~ 남자들이 시끄러워서 말이야~♪"

어둠 속에서 기다리던 빨간 머리의 남자가 희미하게 미소 지었다.

"여어, 산사. 이걸로 전원 집합이다."

죠도가하마 로스트는 어둠 속을 빙 둘러봤다.

다섯 명의 마왕후보가 로스트를 둘러싸듯이 모여 있었다.

'선' 산사 · 서머즈.

'스트렝스' 산노 리키마루.

'저스티스' 산노 세이기.

'행드맨' 하야치네 요타카.

'휠 · 오브 · 포춘' 시모카즈마 린네.

로스트는 만족스럽게 끄덕였다.

"자, 이만한 전력을 보유한 우리는 이 마왕 대전의 최강의 군단이야. 우선은 이 멤버로 방해자를 제거해갈까 해. 다른 마왕 후보를 모두 처리하면, 그때부터가 진짜 싸움의 시작이야. 알겠지?"

"그래~, 좋아♪"

대답한 사람은 산사뿐이었다. 하지만 다른 마왕 후보도 반대하는 건 아닌 듯했다. 이의가 없다는 뜻을 지닌 침묵이었다.

하지만 딱 한 명, 산노 세이기만은 날카로운 시선으로 쳐다보고 있었다.

"나와의 대결도 그때까지 미루라는 말이냐."

"응. 난 딱히 도망치거나 하지 않아. 하지만 그 전에 트라이엄프 같은 애들은 쓰러뜨려 두는 편이 좋잖아."

그 의견에 대해서는 모두 수긍하지 않을 수 없었다. 하지만 세이기는 더더욱 물고 늘어졌다.

"한 가지 더 묻고 싶다. '러버즈'는 어떻게 처리할 거지?"

"'러버즈'……?"

갑자기 리키마루가 얼빠진 소리를 냈다.

"아~! 전에 좋은 상황까지 갔는데 말이야~! 다른 사람도 아닌 리키마루가 숨통을 못 끊었어!!"

산사는 약간 놀란 듯한 표정을 지었다.

"어? '러버즈'는 리키마루가 애먹을 정도로 세?"

하야치네 요타카가 바로 끼어들었다.

"마왕 후보가 문제인 게 아니에요. '러버즈'는 실질적으로 히메가미 리제르의 팀. 리제르가 주축이고, 가장 경계해야 할 사람은 그녀…….”

“뭐~ 확실히 리키마루도 그 화살에는 깜짝 놀랐지~.”

태평한 말투로 하는 말을 들은 세이기는 혐오스럽다는 표정을 지었다.

“정말이지, 산노 가의 수치군.”

“뭐라고~?! 아무리 세이기라고 해도 용서 안 해!!”

리키마루가 싸울 자세를 취하니 세이기가 칼자루에 손을 댔다.

“그러면 어쩔 텐가? 난 이미 한계를 넘어섰다. 지금 당장 그 목을 베어줄까?”

요타카가 질렸다는 듯이 한숨을 쉬었다.

“참…… 또예요? 정말 질리지도 않네요.”

“그러게. 자매니까 좀 더 사이좋게 지내라니까.”

“제삼자는 조용히 하시지. 자매이기에 용납할 수 없는 일도, 더 화가 나는 일도 있다.”

하지만 중재의 효과가 있었는지 세이기는 칼자루에서 손을 뗐다.

그리고 세이기는 자신을 진정시키듯이 한숨을 한 번 쉬고 눈만 로스트에게 돌렸다.

“아무튼── 그렇다면 먼저 ‘러버즈’를 치는 건 어떤가?”

요타카는 이야기를 잠시 멈추듯이 가볍게 손을 들었다.

“괜찮지만, 리제르의 숨통은 제가 끊겠어요. 그걸로 좋다면.”

“리키마루의 카드도 ‘러버즈’의 프린세스한테 러브러브인 것 같으니 말이야! 그 녀석의 목은 가져갈 거야!”

"우리 진영의 신입도 '러버즈'의 나이트와는 보통 인연이 아닌 듯했다. 어떤가? 가벼운 몸풀기로 '러버즈'를 출진의 제물로 삼는 건?"

"……."

로스트는 미소를 지은 채로 하늘을 올려다봤다.

"그렇네…… 뭐, 괜찮지 않을까."

그런 로스트를 웃으면서 바라보는 '휠 · 오브 · 포춘' 시모카즈마 린네. 하지만 그 웃음에는 아무도 알아차리지 못할 정도의 불안이 숨겨져 있었다.

세이기는 만족스럽게 미소 짓더니 일동을 둘러봤다.

"좋아, 결정됐군! 녀석들은 마계의 카르낙 가의 영지에 숨어 있다. 추후에 제군들에게 연락해서 집합 장소를 알려주지."

세이기는 빠르게 그 자리를 떠났다. 공사 현장을 구분하는 문을 통해 밖으로 나갔다.

"세이기만으로는 믿음직하지 못하니까! 좋~아! 리키마루도 이것저것 준비해야지~!!"

그렇게 말하며 달리기 시작하더니 세이기가 나간 문으로 뛰쳐나갔다.

거기에는 한 대의 차가 주차되어 있었다.

리키마루는 당연하다는 듯이 뒷좌석에 올라탔다.

차는 달리기 시작해서 큰길로 나가자 속도를 올렸다.

"그래서 그래서? 어떻게 할 거야?"

"죠도가하마 로스트, 녀석은 믿을 수 없다."

옆에 앉은 세이기는 팔짱을 낀 채로 대답했다.

"녀석은 귀족이 아니다. 하지만 '러버즈'의 예도 있듯이, 인간이라도 마왕학원에 입학은 가능하다. 단순히 마왕학원이 싫은 게 아니라 입학할 수 없는 어떤 이유가 있는 게 틀림없다."

"그래서 그 이유는 이미 알고 있구나?!"

바보 같은 얼굴로 꿰뚫어 보는 듯이 말했다.

세이기는 약간 놀란 표정을 지은 뒤에 입을 꾹 다물었다.

"그런 면이 싫은 거다…… 언니는."

"에헤헤, 리키마루는 세이기의 그런 면이 정말 좋아!"

세이기는 볼을 빨갛게 물들이고 흥 하는 콧소리를 냈다.

"아, 아무튼, 이건 아직 아무에게도 알려지지 않은 정보다. 언니도 모쪼록 입을 놀리지 않았으면 한다."

리키마루는 힘차게 고개를 끄덕였다.

"'데스'의 마왕 후보는, 이미 이 세상에는 없다."

"……?"

"'데스' 아르카나를 계승해온 건 골고다 자작가. 변경에 살고 다른 가문과도 교류가 없는 괴짜 일족이었는데…… 그 일족이 통째로 사라졌다."

"사라져?"

"아직 확인은 안 됐지만, 십중팔구 살해당했을 것이다."

"그럼…… 다른 마왕 후보가 이미 죽였다는 건가?"

세이기는 그 질문에는 대답하지 않고 말을 이어갔다.

"아마 '데스'의 마왕 후보가 된 건 골고다 가의 차기 당주. 마왕학원 2학년에 있는 모르스·골고다일 것이다. 하지만 모르스는 새 학기가 된 이후부터 학교에 오지 않았다."

"……뭔가 냄새가 나."

"그래. 하지만 죽었다면 '데스' 아르카나는 소유자를 떠나 마계의 관리국으로 돌아간다. 그 반응은 당연히 관리국이나 교장에게 알려진다. 하지만 그런 기색도 없다. 즉, '데스'의 마왕 후보는 살아있다는 것이다."

리키마루의 얼굴에서 바보 같은 웃음이 사라지고 미간에 주름이 졌다.

"로스트의 정체가, 모르스…… 인가?"

"학원의 자료를 뒤져봤지만 명백하게 다르다. 얼마 전 마계의 해변에 교장이 나타났지? 아마 교장도 '데스'의 마왕 후보가 누구인지 확인하러 왔을 것이다."

"그래서 결국 정체가 뭐야?"

"모르겠다. 로스트는 모르스가 아니다. 하지만 마왕 대전 관리국이 '데스'를 실격시키지 않고, 아르카나도 돌아오지 않았으니 '데스'의 마왕 후보가 살아있다고 생각할 수밖에 없다. 그리고 교장이 문제 삼지 않았다는 건, 로스트가 마왕 후보로서 정식 자격을 소유하고 있다는 뜻이다."

"……뭐가 뭔지 알 수 없는 것이다."

"완전히 타인이라면 왜 '데스' 아르카나를 가지고 있지? 왜 마왕 후보 자격이 있지? 전혀 모르겠다. 그러니 녀석은 신용할 가치가 없다."

리키마루는 창밖으로 흘러가는 야경을 멍하니 바라봤다.
"리키마루는 원래부터 아무도 믿지 않는 것이다."
세이기도 리키마루가 보는 반대편의 야경을 바라봤다.
"세이기를 제외하고, 말이지만."
"……누님."
자기도 모르게 리키마루가 있는 쪽으로 얼굴을 돌렸다. 그러자 빙그레 웃는 얼굴이 맞이해주고 있었다.
"오랜만에 세이기가 기뻐하는 얼굴을 본 것이다."
세이기의 얼굴이 순식간에 새빨갛게 물들어갔다.
"크…… 이래서 누님이 싫은 거다!"
얼굴을 홱 돌렸다.
"좋잖아~, 둘밖에 없으니까."
"언니는 사람들 앞에서도 무심코 친숙한 태도를 취해버리니까…… 덕분에 내가 필요 이상으로 엄하게 대해야 하는 처지에 몰린다. 난 모두에게 들키지 않을까 걱정이다."
"아하하하, 나도 모르게 세이기를 귀여워해 주고 싶어져!"
세이기는 진지한 얼굴로 몸을 앞으로 내밀었다.
"알겠지? 누님. 다른 자들에게는 우리의 사이가 나쁘다고 생각하게 만들어두는 거다. 카드 녀석들에게도. 일족 이외의 모든 사람을 기만할 필요가 있어. 그게 여차할 때 비장의 수가 될 거야…… 아니, 듣고 있나? 누님!"
리키마루는 열심히 잔소리하는 동생을 즐거운 듯이 바라보고 있었다.

"그래서 어떡할 거야? 예정대로 트라이엄프를 쓰러뜨린 뒤에 다 같이 로스트를 처리할 거야?"

"……그 전에 '러버즈'의 모리오카 유우토를 정리하자."

"엥~ 왜?"

"죠도가하마 로스트가 유일하게 집착하는 대상이기 때문이다. 녀석은 뭔가를 알고 있는 것이 틀림없다. 모리오카 유우토와 로스트의 관계가 어떻게 되는지…… 그리고 로스트는 누구인지…… 반쯤 죽여서 로스트의 비밀을 불게 하는 거다."

"그렇구나! 알았어!"

리키마루는 방긋 웃었다.

"반드시 둘이서 승리해서 살아남는 거야. 일이 어떻게 굴러가도 산노 가가 차기 마왕이니까! 세상을 지배하는 거야!! 신뢰할 수 있는 사람이 같은 마왕 후보 중에 있어. 이런 최강의 무기를 가지고 있는 녀석은 아무도 없는 것이다!!"

"그래. 반드시…… 내가 반드시 언니가 이기도록 해 보이겠어."

리키마루는 눈살을 찌푸리고 세이기의 얼굴을 들여다보듯이 쳐다봤다.

"있잖아, 세이기. 마지막엔 진지하게 승부해도 괜찮은데?"

하지만 세이기는 고개를 절래절래 흔들었다.

"우리의 목적은 산노 가가 마계를 지배하는 것이다. 그렇다면 정점에는 누님이 서는 편이 좋다. 난 정점에 선 언니를 보조하는 게 어울려."

"훌륭한 마족이라면 자신을 가장 먼저 생각해야 한다고?"

"우리는 쌍둥이. 어느 쪽이든 자신이다. 누님이 이긴다는 것은 내가 이기는 것이다."

리키마루는 낯간지럽다는 듯이 웃었다.

"아하하, 그것도 그런가."

"게다가 책임이 너무 무거운 건 내 성미에 맞지 않아. 난 책임이 없는 편이 능력을 더 발휘할 수 있어."

"그렇지만 세이기한테 폐를 잔뜩 끼칠 건데?"

"누님은 나를 실컷 휘두르는 게 좋을 거야. 난 옛날부터 정의에 목숨을 바쳤다. 나에게 있어서 정의란, 언니다."

리키마루는 눈을 가늘게 뜨고 미소 지었다.

"그런가. 힘은 곧 정의…… 잖아!"

8월도 초순에 접어들어 여름방학도 중반전을 맞이했다.

합숙장소를 변경한다고 선언한 직후——,

"하지만 일단, 인간계로 돌아가서 잠깐 쉬자."

라는 리제르 선배의 지시가 내려왔다.

"하지만 괜찮은가요? 느긋하게 있을 시간은 별로 없는 게……."

"벌써 2주 동안이나 열심히 했어. 후반전을 치러내기 위해서도 휴식이 필요해. 여기도 리조트이긴 하지만 집에 있는 편이 더 편하게 있을 수 있잖아? 그리고 어머님과 아버님도 걱정하고 계실 거고."

솔직히 너무 편해서 그렇게 스트레스가 쌓였다는 느낌도 안 드는데…… 하지만 어머니와 아버지라는 말을 듣고 레이나의 눈이 반짝인 것을 오빠로서 못 본체 할 수 없었다. 어쩌면 향수병을 앓고 있었던 걸지도 모르겠다.

네이트가 쭈뼛거리며 손을 들었다.

"저기, 다들 몰래 와있는 거지? 그럼 여기에 있는 편이……."

"바로 그래서야. 우리가 여기에 있다는 건 이미 들켰어. 그러니 일단 리셋할 거야. 네이트한테도 더 이상 폐를 끼칠 수는 없으니까."

리제르 선배는 안심시키듯이 미소 지었지만, 네이트는 어째서인지 아쉬워하는 것 같았다.

그리하여 우리는 일시 귀가했다.

"어머~! 어머~! 어서와!! 레이나!"

"다녀왔습니다, 다녀왔어요! 엄마!"그리고 현관 앞에서 뜨거운 포옹. 흐뭇하다.

"유우도 고생했어! 피곤하지? 자, 일단 집으로 들어와! 시원한 수박도 있어."

"아아, 하늘을 날아 덮쳐오지 않는 수박이 그리웠어."

"어?"

고개를 갸우뚱 기울이는 어머니에게 쓴웃음으로 대답하고 계단을 올라 자신의 방으로.

피곤하지 않은 줄 알았는데, 집으로 돌아오니 갑자기 피로가 엄습했다. 역시 알아차리지 못했을 뿐이지, 긴장을 해서 확실히 피로가 쌓여있었구나.

역시 집에 돌아오면 긴장이 풀린다면서 묘한 감탄을 해버렸다.

그리고 아버지에게 '진짜로 아무 일도 없었겠지?! 히메가미 님이나 유우가오제 님의 따님분들에게 실수한 건 없겠지?!"라며 끈질기게 추궁당했다.

물론 단순한 선후배와 동급생이라는 깨끗한 관계라고 대답했다. 거짓말도 하나의 수단이다.

이것도 아버지의 정신 상태를 염려해서 한 거짓말이다. 용서해줬으면 한다.

오랜만에 집에서 하는 목욕과 어머니가 손수 만든 저녁.

역시 좋다고 뼈저리게 느꼈다.

"아, 유우. 그러고 보니 네가 집에 없을 때 친구가 놀러 왔어."

"친구?"

"응. 아스피테 군."

아?! 아스피테…… 군?!

"그, 그래서?"

"집에 들여서 이런저런 이야기를 들었어! 유우한테 남자인 친구가 있어서 안심했어! 근데 엄청 수줍음이 많은 아이였어."

……수줍음.

"그래서 아스피테는 뭐하러 왔어?"

"아이스크림을 먹고 돌아갔어."

아이스크림?!

그건 정말로 내가 알고 있는 아스피테인가? 설마 리키마루와 세이기처럼 쌍둥이 같은 건 아니겠지?

어머니의 무뚝뚝하지만 수줍음이 많고 착한 아이야! 라는 평가를 들으니 쌍둥이설의 신빙성이 더더욱 높아졌다.

대체 뭘 하러 온 거냐…… 그 녀석은.

뭐, 집에서 쉬는 건 일주일 정도. 그사이에 한 번 연락해보자.

그리고 쉰 뒤에는 합숙 후반전. 이번에는 어디로 가게 될지 불안함도 있지만 기대되기도 했다.

밤에 오랜만에 내 침대에 누우니 순식간에 잠에 빠졌다.

돌아온 뒤에 한동안은 집에서 느긋하게 지냈다.

하지만 오늘── 일요일에는 근처 신사에서 여름 축제를 한다. 그리고 밤에는 시내에서 불꽃놀이를 한다. 이건 매년 하는 행사이니 꼭 레이나를 데리고 가고 싶었다.

하지만 다른 마왕 후보의 습격도 예상된다.

그래서 선배에게 상담을 해보니──,

"흐음…… 이게 유우토가 사는 곳의 축제구나."

'러버즈'가 다 같이 축제와 불꽃놀이를 순례하게 되었다.

리제르 선배는 신기하다는 눈으로 노점이 늘어선 참배로를 바라보고 있었다.

입고 있는 옷은 등나무꽃 무늬가 들어간 파란 유카타. 어른스러운 리제르 선배에게 딱 맞아 차분하고 요염했다. 유카타도 언

뜻 보기에도 고급스러워 보였다.

"나도 처음이야~. 뭔가 반짝반짝하고 왁자지껄해서 엄청 즐거워! 유카타도 입을 수 있어서 좋아~♡"

그렇게 말하는 미야비는 핑크색과 보라색 수국이 아로새겨진 화려한 유카타를 입었다.

"기모노를 입는 건 처음이라서…… 기뻐요, 예요."

그렇게 말하는 사람은 물론 여동생인 레이나.

사실은 어제 여름 축제에 간다고 어머니에게 말하니――,

"훗, 훗, 후…… 이런 일도 있을 줄 알고!"

라는 말을 하며 하얀색을 베이스로 한 나팔꽃 무늬의 귀여운 유카타를 확 펼쳤다.

그걸 지금 레이나가 입고 있다.

기모노를 처음 입어서 여동생님은 크게 흥분한 모양이다.

"사극의 주인공이 된 것 같아서 두근두근거려요! 미후네 토시로나 치바 신이치가 된 것 같아서! 왠지 검호가 된 듯한 기분이에요, 예요!"

……내 여동생의 마음이 꽂히는 포인트를 알 수 없게 되었다. 속옷이 훈도시가 아니기를 빌 뿐이다.

일단 나도 세로로 줄무늬가 들어간 짙은 남색 유카타를 입고 있다.

이런 모습으로 다른 마왕 후보에게 공격을 당하면 별로 안 좋지 않을까? 하고 생각했지만――.

"원래 마왕 대전과 상관없는 사람을 말려들게 하는 건 금지되어 있어."

반드시 그런 건 아니지만, 사람이 이만큼 밀집해서 모여 있는 데 공격해올 가능성은 거의 없다.

그리하여 경계는 하면서도 여름 축제와 불꽃놀이를 만끽하기로 했다.

"어쨌든 즐기자. 아, 저건 뭘까?"

선배는 그렇게 말하며 전에 없이 들뜬 모습으로 사격 놀이를 가리켰다.

그 얼굴은 17살이라는 나이에 맞는 얼굴로 보였다.

선배는 언제나 우리를 생각해주고 이래저래 돌봐준다. '러버즈'의 실질적인 리더이며 참모. 그리고 주포이기도 하다.

정말로 신세를 지고 있다.

그런데…… 어떻게 그런 일이 가능한 걸까?

선배는 만난 지 얼마 안 됐을 때, 한 명의 마족의 의지로 모든 것이 정해지는 세상이 싫다고 했다. 그러니 사랑으로 지배하는 마왕이 되었으면 좋겠다고 말했다.

하지만 그뿐일까?

원래 자신이 맡았어야 하는 마왕 후보를 하필이면 인간에게 빼앗겼는데, 어떻게 이렇게 헌신적으로 행동할 수 있는 걸까?

"해냈어, 유우토! 경품을 이만큼이나 땄어!"

그렇게 말하며 사격 경품이 든 봉투를 보여주는 선배. 그 웃는 얼굴은 평소와의 갭이 느껴져 어려 보였다.

갑자기 마계에서 정신을 잃었을 때의 광경이 되살아났다.

터무니없이 아름다운 소녀, 자인.

그녀는 누구였는가.

그리고 본 적이 없을 터인── 어린 시절의 리제르 선배.

나는 왜 그런 꿈을 꾼 걸까?

"유우토?"

"아! 여, 역시 대단하네요! 선배는 뭐랄까, 마탄의 사수 같다고나 할까!"

"……무슨 일 있어?"

"아뇨…… 아무것도."

아무 일도 없지는 않지만, 이 답답함을 뭐라 표현하면 좋을지 모르겠다.

"아니, 딱히 별것 아닌 이야기인데요…… 선배, 전에──."

그때, 등에 무언가가 올라탔다.

"……아니?!"

"유우토! 유우토다 와오오오옹!!"

짖는 소리와 함께 목덜미에 머리를 빙빙 돌리며 비비는 감촉…… 이건!

"폴란?! 어떻게 여기에!"

등에 착 달라붙어 있어서 잘 보이지는 않았지만, 전에 입고 있던 허름한 옷이 아니라 제대로 된 원피스를 입고 있는 것 같았다.

"네이트 님이 데려와 줬다멍!"

"아, 안녕……."

네이트가 조심스럽게 다가왔다. 옷은 유카타가 아니라 평소에 입는 교복 차림이었다.

"그, 집으로 갔는데 축제에 갔다는 말을 들어서……."

"서로 엇갈렸구나, 미안하게 됐네……."

네이트는 다급히 손을 좌우로 흔들었다.

"아냐! 약속도 안 잡고 갑자기 와서 미안해! 폴란이 보고 싶다고 해서……."

"그렇구나. 근데 왜 인간계에?"

나는 폴란을 업은 채로 네이트에게 물었다.

"응…… 저쪽에 혼자 있는 것도 좀 그래서…… 그, 그리고 그 아이들한테도 이쪽 세상도 한번 보여주고 싶어서…… 하지만 한 번에 모두를 데려오는 건 어려우니까 이번에는 폴란만."

"인간계도 생각보다 대단해멍! 인간 주제에 꽤나 한다멍!"

폴란은 당연하다는 듯이 등에 업힌 채로 흥분한 듯 까불었다.

확실히 이렇게 스스로의 눈으로 보고, 스스로의 피부로 실감하면 인간이 어떤 존재인지 이해해줄 것이다.

"그럼 네이트도 같이 축제 돌아다니지 않을래?"

"괘, 괜찮아?"

"물론이지. 자, 폴란도 이제 내려와."

"그렇지만 유우토의 등은 아늑하다멍."

그러는 폴란을 네이트가 묻지도 따지지도 않고 떼어냈다. '응석도 적당히 부려야지'라며 똑 부러지게 말하는 걸 보니 보호자 역할을 제대로 하고 있었다.

그 후에 다 같이 노점을 돌았다. 폴란의 귀와 꼬리를 들켜서

얼버무리는 데 고생하기도 하고, 금붕어 건지기를 손으로 하려는 해프닝도 있었지만 정말 즐거웠다. 미야비와 레이나는 솜사탕과 살구 사탕 등의 축제 음식을 만끽하고 있었다. 초코바나나를 먹는 모습은 살짝…… 좀 그랬지만.

"아! 유우토, 저건 봉오도리?"

조금 떨어진 광장에 망루가 지어져 있었고, 그 주위에 사람들이 둘러서서 춤추고 있었다.

"미야비는 보는 거 처음이야?"

"응, 춤추자 춤추자!"

"레, 레이나도 해보고 싶어요, 예요!"

"그럼 오랜만에 춤춰볼까."

봉오도리를 추는 건 초등학생 때 이후로 처음이다. 조금 부끄럽지만…… 뭐, 다 같이 하면 괜찮겠지. 이것도 여름방학의 좋은 추억이 될 것 같다.

그리하여 미야비, 레이나, 폴란, 네이트, 나, 리제르 선배 순서로 서서 엄청 오랜만에 봉오도리를 추게 되었다. 춤추는 법 같은 건 잊어버렸고, 다른 모두도 당연히 모른다. 다른 아줌마와 아저씨의 춤을 보고 따라 했다. 하지만 어려운 게 아니라 모두 금방 잘 추게 되었다.

그렇게 되니 내 앞뒤로 늘어선 미소녀 군단에 싫어도 시선이 집중되었다.

'난입한 예쁜 아가씨! 무대 위로 올라오세요!'

텐트 아래에 있는 실행위원이 마이크로 그렇게 말하며 부추겼다.

망루 주위는 한 단 높은 무대로 되어 있어서 거기에도 춤추는 사람들의 원이 만들어져 있었다.

“좋아~! 우리의 춤으로 분위기를 좀 더 띄우자~! 가자, 얘들아!”

미야비는 레이나의 손을 잡아당겼고, 그 뒤로 깡충깡충 뛰듯이 따라가는 폴란, 그리고 수줍은 듯 터벅터벅 걷는 네이트.

나도 따라가려고 했을 때,

“잠깐 괜찮을까? 유우토.”

리제르 선배에게 소매를 살짝 끌려 봉오도리의 원에서 벗어났다.

“무슨 일 있어요? 선배.”

하지만 선배는 입을 다문 채로 내 손을 끌고 갔다.

참배로에서 옆으로 꺾어 불빛이 없는 좁은 길로 들어갔다. 양쪽에는 키 큰 정원수가 있어서 어둑어둑했다. 하지만 사람이 많이 다니는 참배로는 엎어지면 코 닿을 곳에 있어서 떠들썩한 목소리가 바로 근처를 지나가는 것처럼 들렸다.

선배는 두꺼운 나무에 숨더니 나를 올려다봤다. 그 눈동자는 음란한 빛이 나는 것처럼 보였다.

“유우토, 여기서 ‘힐링 · 러버즈’를 하자.”

“네?!”

리제르 선배는 검지를 세워서 입술에 댔다.

“쉿, 들키면 안 돼.”

“그럼 왜 이런 곳에서…….”

“여기에 돌아온 뒤부터 이런저런 연구를 했어. 남성용 성인물을 이것저것 보고 어떤 게 흥분되고 자극이 되는지를 조사했어.”

아니…… 리제르 선배가 그런 걸 혼자 봤다는 이야기만으로도 흥분돼요.

“우선은 유카타. 이렇게 평소와는 다른 모습이 좋다고 해. 수영복도 인기가 있는 것 같았지만, 그건 해변에서 실컷 봤잖아.”

“확실히 선배가 유카타를 입은 모습은 근사한데요…….”

“후후, 고마워. 아무튼——.”

어깨에 걸친 머리카락을 털어내자 하얀 목덜미가 살짝 보였다. 검은 머리카락과 유카타 사이로 엿보이는 가느다란 목과 하얀 피부가 뭐라 형언할 수 없을 만큼 요염했다.

“다른 사람에게 들킬지도 모른다는 긴장감과 공포가 두근거리는 기분을 고조시킨다고 해. 그리고 부끄럽다는 기분도 말이야.”

이론 설명을 들으면 야한 느낌이 옅어져 학문적으로 파고들고 있다는 느낌이 들었다. 부끄러운 짓이 아니라 고상한 일을 하고 있는 것 같은…… 기분 탓이지만.

그건 그렇고, 리제르 선배는 이런 야한 일에도 진지한 자세로 임한다는 것을 절실히 느꼈다.

“알았어요. 그래서…… 저기, 어떻게 할까요?”

“그, 그건…….”

입을 열려다가 역시 부끄러운 듯 시선을 돌렸다. 손을 입가에 대고 결심한 듯이 속삭였다.

“유우토 마음대로 해도 돼…….”

으…… 확실히 여성에게 물어볼 만한 질문이 아니었다. 아니,

이것도 부끄러움을 불러일으킨다는 의미에서는 괜찮았나?

아무튼 선배의 기대에는 부응해야만 한다. 후배로서.

그러면서…… 여성의 기대에도 부응할 수 있는 남자가 되고 싶다.

선배와 서로 바라봤다. 리제르 선배의 볼은 이미 어렴풋이 빨갛게 물들어 있었다. 위로 올려다보는 눈동자는 뭔가를 바라고 있다. 탐난다는 듯이 살짝 벌어진 입술. 보기에도 부드러울 것 같은 입술이 갑자기 탐났다.

선배가 무엇을 원하는지는 모른다. 하지만 아무것도 안 할 수는 없다. 그렇다면 우선 내가 하고 싶은 것을――.

나무 너머, 북적이는 참배로를 살짝 본 뒤에 나는 선배에게 얼굴을 가까이 댔다.

입술을 가까이 댔다.

가까이에서 보는 선배의 얼굴은 여느 때보다 더 아름다웠다. 투명할 정도로 하얀 피부. 예쁜 눈썹. 긴 속눈썹으로 장식된 눈에는 보석처럼 파란 눈동자.

거리가 가까워지는 것과 비례해서 선배의 눈꺼풀도 내려가 눈이 감겼다.

그리고 선배와 키스했다.

계약할 때는 입술이 닿기만 했을 뿐이었지만, 지금은――,

과감하게 혀를 넣어봤다. 그러자 선배는 순순히 받아들여 줬다. 게다가 적극적으로 혀를 얽어왔다.

기다렸다는 듯이, 고대하고 있었다는 듯이, 격하게 서로 혀를 얽었다.
얼마나 그러고 있었는지는 모른다.
영원히 이어질 것만 같았다.
쭉 이러고 있고 싶었다. 하지만 아직 하고 싶은 것이 많았다.
입술을 떼자 선배의 눈꺼풀이 열렸다. 키스하기 전보다 더 눈물로 촉촉해져 반짝이고 있었다.
"유우토……."
선배의 손이 내 가슴을 만졌다. 나도 선배의 몸을 더 느끼고 싶어서 등에 손을 둘렀다.
그때, 참배로를 꺾어 이쪽으로 오는 발소리가 들렸다.
"——읏."
선배는 얼굴을 숨기듯이 아래를 보고 내 가슴에 얼굴을 묻었다. 나는 그런 선배를 다른 사람의 시선으로부터 지키듯이 껴안았다.
발소리가 옆을 지나쳐갔다. 시선을 느꼈지만 도저히 돌아볼 수 없었다. 그대로 발소리가 멀어져가는 것을 가만히 기다렸다.
"……엄청, 두근두근했어."
발소리가 들리지 않게 된 뒤에 선배가 가만히 속삭였다.
"네. 뭔가 긴장감이…… 엄청나네요."
"하지만 나쁜 짓을 하는 것 같아서 조금 즐거워."
그렇게 말하고 살짝 미소를 보였다.
"그럼 더 나쁜 짓 해버릴까요?"
"후후, 찬성이야."

선배는 태연하게 옷깃을 풀었다. 나는 이끌리듯이 선배의 풍만한 가슴을 만졌다.

"아……♥"

그것만으로도 선배의 입술에서 달콤한 한숨이 흘러나왔다.

유카타의 옷감은 얇아서 그 아래에 있는 브래지어의 감촉까지 알 수 있었다. 다른 한쪽 손을 허리로 돌려 엉덩이를 어루만졌다. 이쪽도 속옷의 형태를 훤히 알 수 있었다. 힘을 주니 다른 곳에서는 느낄 수 없는 탄력이 손바닥에 느껴졌다.

"응…… 아…… 아앗."

선배의 신음소리가 점점 커지기 시작했다.

"선배, 다 들려요."

"……읏."

황급히 입술을 깨물더니 손으로 입을 막았다.

"왠지 오늘은…… 굉장히 잘 느껴져……."

나는 양손으로 선배의 엉덩이를 쥐고 강하게 끌어안았다.

"역시 이 상황 때문일까요?"

"그래…… 그리고 이쪽에 돌아온 뒤에 유우토와 만나지 않았으니까……."

선배의 섬세한 손끝이 내 고간에 닿았다.

"선배…… 읏."

드디어 선배의 반격이 시작되었다. 소중히 여기듯이 어루만졌다.

"합숙 중에는 자주 '힐링 · 러버즈'를 써서 안겨 있었잖아? 그래서일까…… 지금은 조금 떨어져 있기만 해도 몸이 애달파져…….”

어떤 고유마법보다 절대적인 파괴력을 가진 고백이었다.

나는 침을 꿀꺽 삼켰다.

평소에 품위 있고 얌전한 선배의 입에서 이런 말이 나오다니…… 흥분되지 않을 리가 없다.

나를 바라보는 선배의 얼굴은 고상한 귀족 아가씨의 표정에서 난잡한 쾌락에 녹아내린 표정으로 바뀌어 있었다.

“유우토가 내 몸을 이렇게 만들었다구? 책임져야…… 해♥”

그런 말을 들으면 더는 참을 수 없다.

여기가 어디인지도, 다른 사람이 본다고 해도, 그런 건 상관없다는 생각이 들기 시작했다.

이성 따위는 내팽개치고 선배와 둘만의 세상으로 들어가고 싶다.

선배의 유카타 자락을 걷어 올려 엉덩이를 다 드러나게 해서 피부에 직접 손을 대고 문지르기 시작했다.

“응아! 아아…… 왜, 왜 이렇게…… 기분 좋은…… 거야.”

선배의 몸을 어루만지고 온 피부를 유린하고 싶다는 욕망에 휩싸였다. 유카타의 앞부분을 열어젖혀 하얗고 부드러운 허벅지, 그리고 그 위에 있는 작고 검은 속옷에 손을 미끄러뜨렸다.

그때, 다시 발소리가 다가왔다.

순간적으로 선배에게서 떨어지려고 했다. 하지만 선배의 유카타는 옷깃이 느슨해져 있고 옷자락도 열려있어 속옷이 드러나 있었다. 옷매무새가 흐트러진 모습은 선정적이라서 다른 사람에게 이런 선배를 보여줄 수는 없다.

나는 다시 선배의 모습을 숨기듯이 안았다.

옆을 통과해가는 건 여성 2인조인 듯했다. '저것 좀 봐' '저기, 저건…….' '어머 싫다, 이런 곳에서' 이런 속삭임이 들려왔다.

선배의 얼굴을 볼 수는 없지만, 귀가 새빨개져 있다는 건 잘 알 수 있었다.

발소리가 들리지 않게 되었을 때, 나는 뒤돌아봤다.

사람의 모습이 사라진 것을 확인하고 나는 안고 있던 선배의 몸을 살짝 떨어뜨렸다.

"……빤히 보였네요."

"그렇네. 하지만 신기하게…… 기분이 고양돼."

그건 나도 마찬가지였다.

"부끄럽긴 하지만, 유우토와 이런 짓을 한다는 걸 어딘가에서 자랑하고 싶은 걸까……."

또 그렇게 황송한 말씀을.

"어쩌면 아까 전에 지나간 여자애들이 엿보고 있을지도 몰라요."

귓가에 그렇게 속삭이니 선배의 등줄기가 떨렸다.

"그래…… 하지만 마력 상한을 올리기 위한 일인 걸. 어쩔 수 없어."

이제 와서 그 말은 변명에 지나지 않았다.

선배의 눈동자에는 음란한 빛이 서려 있었다. 그냥 악마가 아니라 음마로 변모한 듯했다.

'마력 상한이 90000으로 상승했습니다.'

그때 아르카나가 마력 상한이 오른 것을 알렸다.

"선배, 목표인 10만까지 얼마 안 남았어요."
"그래, 힘내자…… 유우토한테라면 무슨 짓을 당해도 좋아. 갈 데까지 가——."
"이런 곳에 있었냐멍?"
발치에 폴란이 있었다.
"우와아아아아아앗?!"
"——꺅!"
나는 서둘러 몸을 떨어뜨리고 선배를 숨기듯이 폴란 앞을 막아섰다. 선배는 뒤돌아서서 유카타 앞부분을 정돈했다.
"포, 폴란! 왜 여기에?!"
"왜가 아니다멍. 지금부터 불꽃놀이를 하는데 유우토 일행이 없어서 다들 찾고 있다멍."
"그, 그렇구나…… 미안."
뒤를 살짝 보니 선배가 멋쩍은 얼굴로 고개를 끄덕였다.
"좋아, 그럼 모두가 있는 곳으로 돌아가자. 폴란, 안내해줘."
"맡겨둬라멍! 폴란은 일행과 떨어져도 냄새로 알 수 있다멍!"
폴란의 뒤를 따라서 참배로로 향했다.
걷고 있으니 선배가 자연스럽게 손을 잡아 왔다.
"선배?"
"조금…… 아쉬우니까."
그렇게 귀엽게 말하면 다시 그 나무 그늘로 돌아가고 싶어진다.
나는 선배의 손을 마주 잡았다.

◇◇◇

그 뒤에 불꽃놀이를 보려고 인적이 적은 강변으로 이동했다.

그렇지만 불꽃놀이 회장은 하천 부지가 아닌 조금 떨어진 경마장이다.

가까이에서 보는 편이 더 박력 있지만, 매년 엄청난 인파가 몰린다. 어지간한 각오를 하지 않으면 가까이 가는 것은 불가능하다.

그래서 집 근처에 있는 하천 부지에서 보기로 한 것이다.

똑같은 생각을 하는 사람도 있는지 가까이에 놓인 다리 위에는 불꽃놀이를 보려는 사람들이 모여 있었다.

다리 위가 보기 좋을지도 모르지만, 폴란도 있으니 사람이 적은 곳이 더 좋다.

축제에서는 꽤나 눈에 띄었으니…… 뭐, 대부분의 사람은 코스프레라고 생각해준 것 같지만.

"멍! 아우우우우우우우우우웅!"

그리고 폴란도 하천 부지가 마음에 들었는지 잔디밭 위를 뛰어다니고 있었다. 마음껏 뛰어다닐 수 있다는 게 즐거운 것이리라.

귀와 꼬리를 세우고 풀 위를 달리는 모습.

――?

뭘까.

이 기시감은.

본 적 있는 느낌이 든다.

어디서?여기서.

폴란이 뛰어다니는 모습을.

그런 말도 안 되는 일이.

하지만 점점 더 선명하게 보이기 시작했다.

이건 거짓된 기억인가? 데자뷰인가?

분명 그럴 것이다.

그도 그럴게 있을 수 없는 일이다.

푸른 하늘 아래서 함께 뛰어다녔다니.

그리고 또 한 명, 기억의 끈이 이어져 있는 모습도.

몸집이 유치원생 정도인데 어른스러운 아름다움이 느껴지던 그 소녀.

"슬슬 시간이네."

그 아이가 말을 걸어왔다.

어느샌가 어른의 모습으로 변해 있었다.

"리제르 선배."

"왜?"

"저, 옛날에 여기서 선배와 만나지 않았나요?"

리제르 선배의 표정이 굳었다.

"……유우토? 너――."

그때, 펑 하고 큰 소리가 울렸다.

밤하늘에 커다란 꽃이 폈다.

빨간색과 파란색으로 반짝이는 빛이 퍼졌다. 반짝반짝 반짝이면서 떨어졌다.

"유우토…… 난……."

불꽃이 다시 하늘을 밝게 비추었다.

———?

가까이에 있는 다리가 검은 실루엣이 되어 떠올랐다.

많이 있었을 터인 사람의 모습이 사라진 상태였다.

대신 난간 위에 선 형체가 있었다.

하지만 그 검은 실루엣은 확실하게 구경꾼이 아니었다.

"방해자는 돌려보냈어! 지금부터 리키마루의 쇼타임!"

"'스트렝스' 산노 리키마루?!"

"자, '러버즈' 모리오카 유우토! 리키마루를 따라와! 그 전에 팔다리를 두, 세 개 부러뜨릴 테지만!"

리제르 선배가 바로 반응했다.

"적습이야!! 네이트는 폴란을!"

"알았어!"

네이트는 맹렬하게 대쉬해서 겁에 질려 움직이지 못하게 된 폴란을 안아 그대로 달려서 떠나려 했다. 하지만——,

"잠깐. 그 녀석은 전에 놓친 사냥감 아닌가?"

키가 크고 야윈 남자—— '저스티스'의 에이스, 하치마키 토우고가 앞을 가로막았다.

그 뒤에서 나타난 것은 리키마루와 꼭 닮은 소녀.

"이런 곳에서 찾을 줄이야…… 네놈이 숨겨주고 있었나. '채리엇' 네이트 · 카르낙."

"'저스티스' 산노 세이기……."

네이트는 폴란을 안고 매섭게 노려봤다. 세이기는 쏘아보는 눈길로 네이트를 노려봤다.

"코시라에를 죽인 건 네놈인가?"

"……그럼 어쩔 건데?"

"그것은 내 의지에 반하는 행위. 즉, 네놈은 악이다. 그냥 넘어갈 수 없다. 왜냐하면 나는! '저스티스'이기 때문이다!!"

세이기가 검을 뽑았다.

"도울게요, 예요!"

레이나도 이공간에서 애검 '퐁쨩'을 뽑아 세이기를 겨누고 자세를 잡았다.

"어이쿠, 네 상대는 이 몸이다."

하치마키도 칼을 뽑아서 축 늘어뜨린 채로 다가왔다.

"이봐, 신입. 이번엔 손대지 말라고."

약간 떨어진 곳에 니혼도 소디아가 대기하고 있었다.

하치마키를 쳐다보는 레이나의 볼에 한줄기 식은땀이 흘렀다.

"강할 것 같아요…… 예요."

하치마키는 검을 어깨에 짊어지고 씨익 웃었다.

"넌 보기에는 약해 보이지만 말이다. 하지만 마족은 겉모습으로는 알 수 없지. 기대하고 있다고."

말이 끝나자마자 하치마키는 레이나를 베려고 달려들었다.

둘 사이에서 불꽃이 튀었다.

그리고 칼을 맞대고 붙은 채로 옆으로 도망치듯이 이동해 갔다. 자연스럽게 하치마키가 네이트에게서 레이나를 떼어내는 모양새가 되었다.

이걸로 방해자는 없다. 세이기는 뽑아 든 칼을 쥐고 네이트에게 걸음을 옮겼다.

"그건 그렇고, '러버즈'뿐만 아니라 놓친 사냥감에 더해서 '채리엇'도 처리할 수 있다니…… 후후. 정말이지, 천치 언니는 운이 좋――?!"

세이기는 예상 밖의 방향에서 날아온 공격을 검으로 쳐서 떨어뜨렸다.

그것은 화살이었다.

"네 이놈…… 히메가미 리제르!"

리제르 선배는 떨어진 곳에서 '큐피드' 활을 쥐고 산노 세이기를 쳐다보고 있었다.

"리키마루와 사이좋게 등장하다니, 의외네? 무슨 바람이 분 걸까?"

"천치 언니와는 우연히 마주쳤을 뿐이다. 나도 부아가 치미는군."

"어머, 그렇구나."

그렇게 말하며 무심하게 두 번째 화살을 쐈다.

세이기는 눈에 보이지 않을 정도로 빠른 동작으로 리제르 선배의 화살을 쳐냈다.

"후. 그 정도의 화살. 나에게 통할 거라 생각했나?"

세이기의 차가운 웃음에 등골이 오싹해졌다.

어떻게 저걸 쳐낼 수 있는 거야…… 역시 마왕 후보라며 감탄했을 때――,

네이트는 이미 폴란을 안고 세이기 옆을 빠져나가 그 앞에 있는 소디아 앞도 그냥 지나쳐 전선을 이탈하고 있었다.

"큭……! 소디아, 왜 도망치게 둔 거지?!"

세이기의 질책에 소디아는 인형처럼 대답했다.

"손대지 말라고 해서."

……아무래도 융통성이 없는 모양이다.

세이기는 짜증 난 감정을 숨기지 않고 리제르 선배에게 돌아섰다.

"뭐 됐어. 저런 짐승은 어차피 한때의 여흥에 지나지 않아. 그보다──."

세이기는 칼끝을 선배에게 겨눴다.

"사냥감으로는 네놈이 더 가치가 있다."

"사냥당하는 건 어느 쪽일까?"

"마음대로 지껄여봐라. 활 따위…… 접근하면 아무런 도움도 안 된다!"

순식간에 파고든 세이기는 날카로운 일격을 때려 넣었다.

하지만 리제르 선배는 화려한 몸놀림으로 귀신같은 일격을 유유히 피했다.

그리고 설마 하던 지근거리 사격.

"읏?!"

방어마법을 펼쳐도 수십 미터 거리를 날아갔다.

"네놈……."

"유우토, 세이기는 맡겨둬!"

그런 말을 남기고 이번에는 리제르 선배 쪽에서 세이기를 향해 갔다.
난 난간 위에 팔짱을 끼고 버티고 서있는 산노 리키마루를 응시한 채로 옆에 있는 미야비에게 말을 걸었다.
"미야비, 둘이서 가자."
"알았어!"
"아하하하! 겨우 둘이서 리키마루를 쓰러뜨리려 하다니, 무리무리! 왜냐하면!"
리키마루의 모습이 사라졌다.
"————?!"
불꽃놀이가 수놓인 밤하늘에서 리키마루의 모습이 떨어져 왔다.
"리키마루가 너무 강하니까!!"
"도망쳐! 미야비!"
유성 같은 이키마루의 발차기가 땅에 작렬했다. 마치 지상에서 불꽃이 폭발한 듯한 폭음이 울려 퍼졌다. 풀과 흙이 하늘 높이 날아올랐다.
강렬한 폭풍에 몸이 날아갈 뻔했다.
"괜찮아?! 미야비!"
"응, 괜찮…… 은데."
애매하게 대답하는 미야비 쪽을 보니, 거기에는 또 한 사람의 그림자가 있었다. 리키마루가 일으킨 모래 먼지 때문에 희미하게 보이는 탄탄한 머슬 바디.
"유우가오제! 오늘이야말로 난 널 넘어설 거야!"
——'스트렝스'의 퀸, 이시와리 프롤.

미야비는 지긋지긋하다는 얼굴로 대답했다.

"그 대사는 이제 신물 나! 왜 그렇게 멋대로 라이벌로 보는 걸까~!"

"그야 가까운 목표로 딱 좋으니까! 나한테는 쉽게 이길 수 있는 상대가 필요해. 동기부여도 되고 기분도 좋아지니까!"

"엄청 민폐라니까! 멋대로 우위에 서려고 하지 마!"

미야비가 주먹을 쥐고 비스듬하게 자세를 잡았다.

이래서는 미야비에게 지원을 부탁하는 건 어려울 것 같다.

"미야비, 그쪽은 부탁할게!"

"으, 응. 그렇지만 유우토, 괜찮겠어?"

"그래, 걱정하지 마!"

말은 그렇게 했지만 지난번에 당해내지 못한 상대다. 과연 어떻게 해야 할까——.

리키마루는 지금부터 서로 죽고 죽이는 싸움을 할 거라는 생각이 안 드는 만면의 미소를 짓고 있었다. 그만큼 자신이 있다는 뜻이다. 나에게 질만 한 요소는 하나도 없다. 그렇게 확신하는 표정이었다.

"어이, 모리오카 유우토."

갑자기 때리려고 달려들 줄 알았는데, 허리에 손을 대고 거들먹거리며 말을 걸어왔다.

"너, '데스'의 마왕 후보와 어떤 관계야?"

"뭐라고?"

"그 남자, 아무래도 널 감싸는 것처럼 보여서 말이야. 친구냐?"

감싼…… 다고?

"무슨 말인지 하나도 모르겠는데."

감싸고 있는지는 정말로 모르겠지만…… 하지만 의문은 있다.

왜 그 녀석은 일부러 날 만나러 온 거지?

그리고 나와 그 녀석이 마왕학원의 반역자라니…… 하고자 하는 말은 이해가 됐지만, 그 녀석은 왜 처음 만난 나에게 그런 제안을 한 것인가.

물론 날 속이려고 할 가능성은 있다.

하지만——.

"리키마루…… 너, 의외로 바보인 거 아냐?"

"하하하하, 리키마루는 바보 아니야~. 아무튼 팔을 두세 개쯤 부러뜨린 다음에 불게 만들어줄 테니까 기대하라구!"

"미안하지만 거절하지."

난 몰래 구축한 마술식을 발동했다.

"'선더루기아'!!"

전격계 상급 마법. 내 앞에 나타난 마법진에서 번개 괴물이 출현했다.

겉모습은 호랑이 같으며 번쩍이는 짐승이다. 하지만 실체는 없으며 전격으로 만들어진 마수다. 온몸으로 전기를 방출하여 으르렁거리는 소리 같은 격렬한 천둥소리를 울리게 했다.

리키마루의 움직임이 아무리 빨라도 이 녀석은 당해낼 수 없을 것이다. 번개 같은 속도로 사냥감을 쫓아 숨통을 끊는다.

"불꽃은 튕겨낼 수 있어도 이 녀석은 못 하겠지!"

"하하하, 번개 짐승인가! 리키마루도 사냥해보고 싶다는 생각을 하고 있었어!!"

'선더루기아'가 리키마루에게 덤벼들었다.

"하아아아아아……."

리키마루는 주먹을 쥐었다.

설마…… 전격도 권압으로 날려버릴 셈인가?

"하압!!"

주먹을 땅에 때려 박았다. 땅이 갈라지고 그 충격으로 흙이 솟아올라 벽이 되었다. '선더루기아'는 흙벽을 흩뜨렸다. 잔디가 순식간에 눌어붙고 흙이 고열로 수증기를 뿜었다. 하지만 대부분의 전기 에너지는 땅으로 흘러가고 말았다.

리키마루는 뒤로 뛰어 강 속에 착지했다. 무릎까지 물에 잠겨 물을 퍼 올리는 듯한 어퍼컷을 날렸다.

"아니……?!"

강물이 빨려 올라가는 것처럼 하늘로 솟아올랐다. 대량의 물이 '선더루기아'에게 쏟아져 전기 에너지를 사그라뜨려 갔다. 그리고 '선더루기아'는 곧 모습을 감췄다.

"크……."

"자~ 자~, 이번엔 이쪽에서 가는 것이다!"

손을 머리 위로 들어 올렸다가 크게 휘두른 펀치. 거리는 수십 미터 떨어져 있다.

그런데도 불구하고 엄청난 충격파가 나를 덮쳤다.

"크…… 억?!"

유카타가 찢어지고 피부가 베였다. 들이받힌 것처럼 뒤로 굴렀다.

"아직 안 끝났어!"

한 번 더 일격을 날렸다. 리키마루의 주먹이 불길을 뿜었다. 강렬한 공기 마찰이 발화 현상을 일으키고 있었다.

잔디가 불타오르고 그 불꽃이 나를 향해 왔다.

"젠장!"

굴러서 필사적으로 피했다. 아까 전까지 있었던 곳이 파헤쳐져 풀이 불타올랐다.

"젠장…… '스트롱기스트'인가!"

벌떡 일어나서 나도 공격을 하려고 했다. 하지만――,

"그러니까 느리다고 하는 것이다!"

리키마루가 바로 눈앞에 있었다.

"하아아아아아아아아아아아아앗!!"무시무시하기까지 한 연타. 농담이 아니라 주먹이 여러 개로 보였다.

"크아아아아아아아?!"

방어마법은 물론 펼쳤다. 하지만 그래도 아팠다. 주먹이 '바리카데'를 우그러뜨리며 나를 가차 없이 덮쳤다.

나는 피를 토하면서 풀 위를 굴렀다.

"유우토?!"

리제르 선배의 걱정스러운 외침이 들렸다.

하지만 선배도 '저스티스'의 마왕 후보와 싸우고 있다. 도움을 받는 게 아니라, 빨리 리키마루를 쓰러뜨리고 도우러 가야 한다!

나는 두 다리에 혼신의 힘을 넣어 일어섰다.
“이쪽은 괜찮아요! 절 믿어주세요!! 금방 정리하고 그쪽으로 갈게요!”
“유우토…….”
리제르 선배는 입술을 깨물었다.
“알았어. 난 유우토를 믿으니까.”
그리고 세이기를 날카로운 시선으로 쳐다봤다.
“승부야. 세이기.”
리제르 선배는 ‘트랜자트’로 순식간에 다리 위까지 이동했다.
“그렇군, 거리를 두고 일방적으로 공격을 하려는 건가…… 그렇게는 안 되지!”
세이기도 ‘트랜자트’를 써서 한 번에 날아갔다. 하지만 리제르 선배도 다시 멀리 이동했다.
“리제르 선배…….”
신경은 쓰이지만 걱정할 여유는 없다. 리제르 선배라면 괜찮을 것이다. 그보다는 내 일을 신경 써야 한다. 눈앞의 적── 산노 리키마루를 어떻게든 해야만 한다!
리키마루는 승부의 압박감 따위는 조금도 없다는 얼굴로 웃었다.
“아하하하, 의지가 되는 카드도 어딘가로 가버렸네? 방해하는 사람이 없어서 로스트에 대해서 캐물을 수 있다는 것이다!”
“넌 왜 그렇게 로스트를 신경 쓰는 거지?”
리키마루는 인상을 쓰고 비스듬히 위를 올려다봤다.
“그 녀석이 보통 마족이 아니기 때문이려나~?”

보통이, 아니야?

하급 마족도 마족이다. 보통이 아닐 리는 없을 것이다.

"너도 보통이 아니니까 말이야! 그래서 사이가 좋나?"

"……그건 내가 물어보고 싶은데."

나는 폭발계 상급 마법을 쐈다.

"'데스트래셔'!!"

순간적으로 강변에 불기둥이 일었다. 폭발적인 불길이 번지고 뜨거운 돌풍이 불었다.

"?!"

"그러니까 그런 건 소용없는 것이다!"

눈 깜짝할 사이에 리키마루가 뛰어 들어왔다.

젠장…… 저번 때랑 마찬가지로 내 마법이 전혀 통하지 않아.

'러버즈' 아르카나에 잠든 미지의 마법.

어떤 마법인지는 모르지만, 만약 그걸 쓸 수 있다면…….

"으랴랴랴랴랴랴아아아아아아아!!"

산탄총 같은 타격이 덮쳐왔다.

방어마법을 쓰면서 체술도 병용해서 어떻게든 치명상을 피했다. 미야비와의 훈련이 도움이 되었다.

하지만 상급 마법을 연발한 탓에 이젠 마력이 얼마 없다.

――그렇다면, 이젠 하는 수밖에 없다.

"'인피니트 · 러버즈'!!"

내 안에서 마력이 넘쳐흘렀다.

"오오? 뭐야, 뭐야! 갑자기 마력이 엄청 커졌네?!"

“그래, 지금부터가 진짜라고! 리키마루!!”

‘맥시마이즈’ ‘스트라이드’ ‘알마드’를 동시에 기동.

마법이 통하지 않는다면 이쪽도 물리! 격투 모드로 승부다!!

“우오오오오오오오오오!!”

미야비와 특훈을 한 경험을 살려 교묘하게 움직이면서 자잘한 펀치를 날렸다.

“아하하하! 완전 글렀네!”

리키마루는 내 공격을 간단하게 막아내 갔다. 그리고 빈틈을 찾아내더니 무심하게 손을 앞으로 내밀었다. 손바닥의 아랫부분을 내밀어 가슴을 쳤다.

“크헉……!!”

갈비뼈가 비명을 질렀다.

선 채로 내 몸이 몇 미터 뒤로 날아갔다.

젠장! ‘인피니트 · 러버즈’로 생성되는 마력은 방대하지만 그걸 활용할 마법이 없어!

‘맥시마이즈’의 파워도 나름대로 상승하긴 했다. 하지만 ‘스트롱기스트’ 앞에서는 당해낼 수 없었다.

어떡하면── 좋지?!

그렇게 망설이는 사이에 한계 시간이 다가왔다.

절망감에 사로잡힐 뻔한 그때──,

“유우토!!”

제방 위에서 무언가가 튀어나왔다.

그것은 두 마리의 스핑크스. 그리고 그 두 마리가 끄는 무장된 고대의 전차.

그 고삐를 쥐고 비장한 표정을 띠고 있는 것은——.

"네이트?!"

맹렬하게 달려오는 전차에서 네이트가 손을 뻗었다. 난 그 손을 잡고 전차에 뛰어올랐다. 거기에는 떨어지지 않도록 좌석에 매달려 있는 폴란도 있었다.

"왜 돌아온 거야?!"

그러자 폴란은 비장한 눈빛으로 올려다봤다.

"네이트 님과 유우토는 폴란을 구해줬다멍! 사실은 은혜를 갚고 싶지만, 아무것도 할 수 없다멍!"

"폴란……."

"그러니…… 적어도 방해는 안 되고 싶다멍!"

눈에 눈물을 잔뜩 글썽이면서 외쳤다.

고삐를 쥔 네이트가 후훗 하고 웃음을 흘렸다.

"꼭 돌아가 달라고 떼를 썼어."

네이트가 날 보고 미소 지었다.

"자기 때문에 유우토가 죽는 건 싫다면서."

"폴란…… 너란 녀석은……."

난 폴란의 머리를 쓰다듬어줬다. 폴란은 기쁜 듯이 웃음 지었다.

네이트의 전차는 제방을 넘어 차도로 내려갔다. 어찌 된 일인지 차가 한 대도 안 달리고 있었다. 아무래도 강을 따라서 사람을 쫓아내는 결계를 쳐놓은 듯했다. 네이트는 마침 잘 됐다는 듯이 전차를 엄청난 속도로 몰았다.

신경 쓰여서 뒤돌아봤지만 리키마루의 모습은 보이지 않았다. 역시 이 녀석은 따라잡을 수 없나.

하지만 이대로 도망칠 수는 없다.

"네이트."

"응, 알고 있어. 하지만 그 전에 부탁이 있어."

◇◇◇

하치마키 토우고는 그 장신의 몸으로 날카로운 칼을 내리쳤다.

레이나는 정면으로 그 검을 받아내고 튕겨냈다.

"헤헷! 이 녀석을 막아내다니! 몸집은 작은 주제에 묵직한 검이다. 역시 꽤 하잖아!"

하치마키는 커다란 몸으로 검을 바람처럼 휘둘렀다. 레이나는 자신의 몸보다 더 긴 검으로 그것을 전부 받아쳤다.

몸집이 작은 레이나는 마치 커다란 칼에 휘둘리고 있는 것처럼 보였다. 하지만 그것이 레이나의 스타일. '퐁쨩'과의 강한 유대감이 훌륭한 연계를 만들어내고 있었다.

레이나는 마치 프로 복서 같은 풋워크를 보여주며 트리키한 움직임으로 장검을 하치마키 가까이까지 옮겼다.

그리고 묵직하고 날카로운 참격.

받아낸 하치마키는 그 충격으로 뒤로 물러났다.

"그렇군…… 파괴력이 있는 검을 스피드가 빠른 작은 몸으로 옮기는 건가. 하지만 말이다."

하치마키는 검을 눈높이로 잡고 팔을 뒤로 뺐다.

그 자세는 마치 소총을 들고 있는 듯했다.

"간다, '스리즈(333)'."

레이나의 등골이 오싹 떨렸다.

'바리카데'를 펼쳐 방어태세를 취했다.

하치마키가 돌진해 왔다.

"우오오오오오오오오오오오오오오오!!"

찌르기, 그리고 찌르기, 다시 한 번 찌르기.

3단 찌르기. 그리고――,

거기서 더 앞으로 나왔다.

어떻게든 3연격을 막아낸 레이나가 긴장을 조금 늦추었을 때, 다시 3단 찌르기가 엄습했다.

――이럴 수가?!

레이나의 '바리카데'가 산산이 깨졌다.

하지만 지금부터 자세를 바로 잡으면 된다고 생각했을 때――,

세 번째 3단 찌르기가 무방비한 레이나를 덮쳤다.

"꺄아아아아아아아아아아아아아아아아아아아아아아아아아아아악!!"유카타가 째지고 레이나의 작은 몸이 풀 위를 굴렀다.

"3단까지 버티다니, 대단하군."

하치마키는 만족한 듯이 검을 칼집에 넣었다.

하치마키는 괴로워하는 소리를 내는 레이나에게 말을 걸었다.

"그대로 누워있어라. 너희 마왕 후보는 리키마루 나리가 곧 정리할 거다. 너까지 거기에 어울릴 필요는 없지."

"그렇지…… 않아요, 예요."

레이나는 양손을 써서 몸을 일으켰다.

"호오…… 그 패기는 높이 사지. 어떠냐? '저스티스'에 오지 않겠나? 네 사자(師姉)도 있으니 말이야."

"그건……."

레이나는 일어서서 자신의 모습을 내려다봤다.

갈기갈기 찢어진 유카타가 눈에 들어왔다.

"……."

"응? 왜 그래. 나쁜 이야기는──."

"용서할 수, 없어요…… 예요."

"엉?"

하치마키는 표정을 찡그렸다.

"이 유카타는 엄마가 만들어줬어요. 엄마가, 레이나를 위해서…… 그걸……."

레이나의 눈동자가 번쩍 빛났다.

온몸에 살기가 넘쳐흘렀다.

"이거 놀랍군…… 마력도 살기도 차원이 다르잖아."

하치마키의 이마에 식은땀이 났다.

"하지만 재미있군."

레이나는 검을 한 손으로 들었다. 검을 어깨에 짊어지듯이 들고 허리를 낮추고 낮은 자세를 취했다.

"간다! '스리즈(333)'."

레이나의 발밑이 폭발했다.

하치마키가 스타트 대쉬를 했다. '스리즈(333)'의 첫 3연격을 하기 위해서.
하지만──,
마치 시각이 거리감을 잃은 듯했다.
레이나가 이미 사거리 안에 있었다.
──이 녀석?!
레이나의 스피드는 하치마키보다 빨랐다다.
한 번에 거리를 좁혀왔다.
찌르기 전에 레이나가 돌진하면서 어깨에 멘 검으로 내리찍고 있었다.
──위험해.
그렇게 생각했을 때는 이미 베여 있었다.
"크어어어어어어어어어어어어어어어어어어어어어어억!!"
어깨에서 일직선으로 바로 아래를 향해 베였다.
피가 성대하게 뿜어져 나왔다.
하지만 치명상은 아니었다. 더 싸우는 건 불가능하지만 죽지는 않는다.
"제…… 젠장."
자신을 쓰러뜨린 작은 검호를 올려다봤다.
"칫…… 설마, 너 같은 꼬마한테…… 죽임을 당할 줄이야."
하치마키는 각오한 것처럼 대자로 누웠다.
"죽여라."
하지만 레이나는 칼을 내렸다.

“당신은, 당신은 레이나를 살려주려고 했어요.”

“……엉?”

“그러니, 레이나도 살려주는 거예요.”

“이봐…… 그런 소리를 하다간 금방 죽는다?”

하지만 레이나는 부드러운 미소를 띠었다.

“유카타를 못 쓰게 만들어서 죽였다고 하면 엄마한테 혼나고 말아요, 예요.”

“…….”

하치마키는 기가 막힌다는 얼굴로 자신을 쓰러뜨린 꼬마를 올려다보고 있었다. 어이없어서 더는 말할 마음이 들지 않았다.

그때, 다가오는 새로운 마력을 느끼고 레이나는 고개를 들었다.

근육 집단이 하천 부지로 다가왔다. 아마도 ‘스트렝스’의 카드들.

“레이나는 할 일이 생겼어요. 그럼 이만.”

다시 검을 쥐고 달려갔다.

혼자 남겨진 하치마키 곁으로 눈가리개를 한 소녀가 다가왔다.

“너…… 뭘 혼자 관전하고 자빠졌냐.”

“손대지 말라는 말을 들어서.”

“그렇긴 해도 말이다…….”

“추격합니까?”

하치마키는 얼굴을 옆으로 돌려 ‘스트렝스’의 카드와 싸우는 레이나의 뒷모습을 바라봤다.

“……됐어. 그보다 손 좀 빌려줘. 난 돌아간다.”

소디아는 묵묵히 하치마키의 몸을 안아서 일으켰다.

◇◇◇

정차한 전차 위에서 네이트는 나를 가만히 바라보고 있었다.

"유우토…… 나를, 네 카드로 삼아줬으면 좋겠어."

——어?

"……."

그만 어안이 벙벙해져 네이트의 얼굴을 쳐다봤다.

네이트를…… 내 카드로?

의미가 이해되지 않아 머리가 혼란스러웠다.

진정해라. 그러니까…….

'채리엇'의 마왕 후보인 네이트가 '러버즈'의 카드가 되고 싶다고 말하고 있다.

……상상을 초월하는 전개다.

애초에 그런 게 가능한가?

"네이트, 왜 그런 일을……?"

"전에도 말했지? 난 마왕 대전에서 이겨서 살아남는 건 무리라고…… 하지만 어떻게 할 방법도 없고 포기할 수밖에 없다고, 그렇게 생각하고 있었어. 그런데 스텔라와 리제르에게서 연락이 왔어. 여름방학에 해변을 빌리고 싶다고."

네이트는 살짝 눈을 내리떴다.

"내가 이야기할 수 있는 사람은 스텔라와 리제르 정도…… 그러니까 이건 어떤 인도라고 생각했어. 어느 한쪽에 힘을 빌려주는 게 좋지 않을까 하고."

설마 네이트가 그런 생각을 하고 있었을 줄이야…….

"스텔라와 리제르. 어떻게 할지 생각했는데…… 합숙으로 리제르와 같은 오두막에서 지내면서 이런저런 이야기를 할 기회가 있었어. 그리고 모두의 실력도 볼 수 있었어. '러버즈'는 가장 약하다는 말을 들어왔지만, 이번에는 다르다는 느낌이 들어. 게다가……."

네이트의 볼에 주홍색 빛이 슥 서렸다.

"유우토랑 이야기하고, 유우토라면 내 바람도 이뤄주지 않을까 생각했어."

"네이트……."

네이트는 다시 고개를 들어 때 묻지 않은 눈동자로 나를 바라봤다.

"유우토. 나도 카르낙 가를 지켜야만 해. 영지와 영지의 사람들을 지켜야만 해. 다른 마왕 후보는 마왕이 된 뒤에 어떻게 할지 모르겠지만, 유우토라면 믿어도 될 것 같아. 그러니까…… 모두의 생명과 자유를 지켜준다면, 난 유우토에게 걸고 싶어!"

"폴란도 부탁할게멍!"

얌전히 바닥에 앉아있던 폴란이 일어섰다.

순수한 눈동자가 간청하듯이 나를 올려다보고 있었다.

"네이트…… 폴란……."

두 명 분의 무게가 어깨를 더욱 짓누르는 느낌이 들었다.

“네이트…….”

네이트가 침을 꿀꺽 삼켰다.

“나도 이 싸움을 통해 깨달았어. 나에겐 아직 힘이 부족해. 더 강해지기 위해서 노력하고는 있지만, 아직 멀었어. 리키마루와 세이기와의 싸움에서 이길 수 없을지도 몰라.”

“유우토…….”

네이트의 안색이 불안감에 흐려졌다.

“……그러니 나에게는 네이트가 필요해.”

네이트의 눈이 번쩍 뜨였다.

“만약 네이트가 카드가 되어준다면, 난 리키마루에게 이겨 보이겠어! 그리고 네이트의 소원도 반드시 이뤄내 보이겠어!”

“……유우토.”

네이트의 얼굴이 꽃이 핀 것처럼 밝아졌다.

“네이트! 나에게 힘을 빌려줘!”

“네!”

난 네이트의 위팔에 손을 가져다 댔다.

“그럼…… 계약의 의식이야.”

“……네.”

난 네이트에게 얼굴을 가까이 댔다.

갈색 피부가 어렴풋이 빨갛게 물들고 파란 눈동자에는 눈물이 고여 글썽글썽했다.

속눈썹이 이렇게 많고 길었다는 것을 가까이에서 보고 처음으로 깨달았다.

그 눈이 감기고, 나도 자연스럽게 눈을 감았다.

입술이 부드러운 것에 닿았다.

네이트와의 키스.

입술이 열리고, 네이트는 적극적으로 혀를 내밀어 왔다.

조금 놀랐지만 나도 그 마음에 보답해줬다. 네이트의 혀를 맞아들여 표면을 어루만지듯이 얽어갔다.

머릿속에서 아르카나의 목소리가 울렸다.

'네이트 카르낙이 슈트 카드 《VII》이 되었습니다.

입술을 떼고 네이트와 서로 바라봤다.

계약을 마쳐서인지 이상하게 네이트의 얼굴이 달라 보였다. 거리감이 가까워졌다고 해야 할까, 친밀감과 애정이 더 느껴졌다.

그리고 전부터 예쁘긴 했지만…… 더 예뻐진 것 같은…… 응? VII?

"이봐, 아르카나. 왜 VII이야? 네이트는 마왕 후보인데? 에이스나 프린스도 비어있는데."

'계약자의 마음에서 희망을 느껴 채용했습니다.'

"네이트가?"

보니까 네이트는 부끄러운 듯이 손을 가슴에 댔다.

"그렇지만…… 에이스이면 리제르보다 위가 돼버리고…… 프린스를 하기에는 씩씩하지도 않으니까…… '채리엇'은 마왕의 아르카나 중에서 일곱 번째…… 니까."

뭐, 네이트가 바란다면 어쩔 수 없다. 여전히 겸허하다고 해야 할까, 소극적이라 해야 할까——.

네이트는 갑자기 교복의 윗옷을 걷어 올렸다. 하얀 브래지어에 감싸인 갈색 가슴을 드러냈다.

"아니?! 네, 네이트?!"

"카드가 되었으니까…… 유우토가 괴로워하는 걸 알겠어. 특훈했던 그거지? '인피니트 · 러버즈'를 너무 많이 썼지?"

"어, 어어…… 잘 아네."

"그야 계속 보고 있었는걸. 계속…… 부러웠어."

"어?"

네이트는 어깨 너머로 뒤돌아보더니,

"폴란은 뒤돌아서서 귀 막고 있어."

"네이트 님의 분부라면!"

폴란은 등을 휙 돌리고 머리 위에 있는 귀를 양손으로 납작하게 눕혔다.

네이트는 바로 프런트 훅을 풀었다.

"서둘러야지……."

브래지어가 힘차게 벗겨지고 처음 보는 네이트의 가슴이 튀어나왔다.

갈색 가슴에, 색이 옅은 젖꼭지.

그 아름다움에 나도 모르게 넋을 놓고 보고 말았다. 하지만 바로 정신을 차렸다.

"저, 저기? 네이트 씨?"

소극적이고 수줍음을 많이 타는 네이트는 대체 어디에?!

"내가 '힐링 · 러버즈'를 해줄게."

"하, 하지만……."
"유우토의 카드라면 당연히 하는 일이잖아?"
그렇게 말하면서 내 손목을 잡더니 자신의 가슴으로 이끌었다.
"아♥"
손바닥에 네이트의 피부가 착 달라붙었다.
"기, 기분 좋아……♥ 만지기만 했을 뿐인데, 대단해…… 이렇게, 기분이 좋다니."
그건 내가 할 말이다.
부드럽고 찰진 감촉은 독특해서 뭐라 표현할 수 없이 기분이 좋았다.
그리고 흘러들어오는 마력에 놀랐다.
무섭도록 응축된 고밀도의 마력. 그 마력이 몸으로 흘러들어와 온몸으로 확산되어 부드럽게 위로해주는 듯한 느낌. 이런 건 처음이다.
이게…… 마왕 후보의 마력인가.
가슴을 만지기만 했는데 순식간에 내 마력량의 상한에 도달해 '인피니트 · 러버즈'를 한계까지 사용한 데미지가 회복되어 갔다.
"합숙하는 동안…… 쭉, 나도 하고 싶었어……."
네이트가 쾌락에 녹아내릴 것만 같은 얼굴로 고백했다.
난 가슴에서 손을 떼고 네이트를 끌어안았다.
"하지만 이제부터는 네이트도 함께야."
네이트도 내 등에 팔을 둘렀다.
"응……."

하아…♥
하아…♥
하아…♥
하아…♥
아…♥

잠깐의 포옹. 그리고 우리는 몸을 떨어뜨렸다.

"충전 완료야. 전장으로 돌아가자, 네이트."

"응! 맡겨줘!!"

네이트는 폴란의 손을 귀에서 떼어주고 전차 바닥에 엎드려 있으라고 타일렀다.

"그럼, 달린다!"

네이트가 채찍을 휘둘렀다.

스핑크스가 뒷다리로 일어선 후에 단숨에 달리기 시작했다.

"기습하자! 할 수 있어? 네이트."

"해볼게!"

"나도 지금부터 '인피니트 · 러버즈' 해방이다!"

내 몸 안쪽에서 마력이 흘러넘쳤다. 그 빛이 네이트의 전차에 빨려 들어가듯이 사라져 갔다.

"……뭐지? 이건── 우왓?!"

"꺅?!"

"우와아아앙?!"

믿을 수 없는 로켓 가속이 전신을 덮쳤다.

비행기가 이륙할 때의 가속보다 더 대단했다.

"무, 무, 무슨──."

네이트도 깜짝 놀란 듯 눈을 크게 뜨고 있었다.

"네, 네이트?! 무슨 일이야 갑자기!"

"모, 모르겠…… 지만, 이건, 유우토의 '인피니트 · 러버즈'가 내 '탑 러너'에 흘러 들어가고 있는 것 같아."

설마…….

내 마력이…… 네이트의 고유마법의 힘을 올리고 있다고?

'인피니트 · 러버즈'에 그런 힘이 있었나?

하지만, 만약 그렇다면——,

리키마루의 '스트롱기스트'도 이길 수 있을지도 몰라!

순식간에 강가의 길을 달려 나갔다.

"가자, 유우토!"

"그래! 부탁할게, 네이트!!"

네이트의 전차는 강의 제방을 넘어 크게 점프. 하늘로 날아올랐다.

하천 부지의 하늘을 활강하여 낙하해 갔다.

그 앞에 있는 것은——,

"?!"

팔짱을 끼고 동료가 싸우는 모습을 지켜보는 산노 리키마루. 그 허를 찔렀다.

뒤돌아본 리키마루의 얼굴에 떠오르는 경악과 공포.

하지만 그건 아주 잠깐.

나가떨어진 리키마루의 몸이 공중을 날았다.

전차가 낙하하는 리키마루를 노리고 더욱 가속했다. 전차 옆에 설치된 창이 튀어 올라 리키마루를 꿰뚫으려고 앞으로 뻗었다.

"크……윽!"

리키마루는 낙하하면서 몸을 회전시켜 주먹을 내질렀다.

"얕보지 마라아아아아아아아!!"

전차의 오른쪽 측면에서 대폭발이 일어나 수레가 공중으로 떴다.
"우오오오오오오오?!"
하지만 스핑크스는 순간적으로 방향을 바꿔 수레의 방향을 컨트롤. 수레는 공중에서 1회전하고 멋지게 착지했다.
전차 뒤쪽에서는 리키마루의 몸이 땅에 낙하하여 바운드하고 있었다. 보통 인간이라면 크게 다치겠지만, 리키마루는 요령 좋게 공중제비를 돌더니 체조선수처럼 땅에 섰다.
하지만 이마에서 피가 흐르고 있었다.
"잘도, 이 리키마루에게……."
넘쳐흐르는 살기를 부딪치듯이 리키마루가 팔을 크게 휘둘러 펀치를 날렸다.
충격파가 땅을 가르며 이쪽을 향해 다가왔다.
"핫!"
네이트가 고삐를 물결치게 하여 채찍처럼 스핑크스의 등을 때렸다.
전차는 간발의 차이로 달리기 시작하여 펀치의 충격파에서 도망쳤다.
하지만 리키마루는 막무가내로 팔을 계속해서 휘둘렀다. 그중에 한 발이라도 맞으면 반드시 즉사하는 위력이다.
"으랴아아아아아아아아아아아아아아아아아!!"
혼신의 일격이 강을 가르고 다리를 흔들었다.
절에 있는 종을 몇 개씩이나 연속으로 친 듯한 소리가 울렸고, 무언가가 깨지는 소리가 겹쳐졌다.

그리고 믿을 수 없게도 철골과 콘크리트로 만들어진 다리가 한가운데부터 부러졌다.

"……읏!"

교각을 남기고 콘크리트가 강으로 낙하해 갔다.

결계 덕분에 차가 달리고 있지 않은 것이 불행 중 다행이다. 하지만 분별력을 잃어버린 리키마루는 주위의 일반 가옥까지 부술지도 모른다.

'「인피니트 · 러버즈」 한계까지 앞으로 15초.'

아르카나의 보고를 듣고 각오를 다졌다.

나는 '인피니트 · 러버즈'의 마력 방출량을 더 올리고 외쳤다.

"네이트! 승부를 걸자!"

"네!"

네이트가 고삐로 스핑크스의 등을 쳐 소리를 냈다.

전차는 곧바로 제트기와 같은 가속력으로 리키마루를 향해 달렸다.

'스트롱기스트'의 무지막지한 힘이 이기는가, '탑 러너'의 돌진력이 이기는가── 승부다!!리키마루가 양손을 앞으로 내밀며 귀신같이 무서운 얼굴로 외쳤다.

"덤벼라! '채리엇'!!"

네이트가 포효했다.

"차버려라아아아아아아아!!"

'스트롱기스트'와 '탑 러너'가 격돌했다.

폭발음이 울려 퍼지고 충격파가 강에 큰 파도를 일으켰다. 땅

이 흔들려 강변의 돌이 일제히 공중으로 튀어 올랐다.
"우오아아아아아아아아아아아!!"
리키마루는 두 마리의 스핑크스를 양손으로 막고 있었다.
젠장! 이 무슨 어처구니없는 힘이냐!!
"이 정도쯤이야…… 힘이야말로 정의…… 힘이야말로 파워어어어어어어어어어!!"
스핑크스가 쓴 가면에 금이 갔다. 그 아래에서 비명처럼 삐걱거리는 금속음이 울려 퍼졌다.
"유우토! 미, 밀리고 있어!!"
젠장!
뭔가 없나?
지금의 나에겐 강력한 공격 마법이 아직 없다.
아직 여름방학 중반. 수행 진척도는 절반.
리제르 선배처럼 무기가——,
아니,
나한테도 있지 않은가.
마법의 창이.
무기는 아니지만 강력한 마법이.
하지만 위험한 마법이다.
지금까지는 한정적인 범위에서밖에 쓴 적이 없다.
마력 상한이 올라간 지금, 어느 정도의 파괴력이 나올까? 그리고 직접 상대에게 썼을 때, 과연 어떻게 되는가——.
'「인피니트 · 러버즈」 한계까지 앞으로 5초.'

망설일 틈은 없다!나는 금단의 미해결 마술식을 끌어냈다.

"'월드 · 폴'!!"

"뭐라고?!"
그 대단한 리키마루도 눈을 휘둥그레 떴다.
내 왼팔에 전개한 미해결 마술식 '월드 · 폴'
난 그 손을――
"그렇게는 안 되지이이이이이이이이이이!!"
"뭐?!"
리키마루는 억지로 전차를 집어던졌다.
'탑 러너'의 돌진을 받아내고 내던졌다.
두 아르카나의 고유마법의 승부는 '스트롱기스트'의 승리다.
――하지만,
"우리는 혼자가 아니야!"
재빠르게 전차에서 뛰쳐나온 나는 리키마루 바로 위에서 덮쳤다.
"리키마루도 혼자가 아니야아아아아아아아아아아아아아아아!!"
나를 향해 주먹을 쳐올렸다.
그 충격파는 나에게 명중하여 허공을 찢고 하늘을 갈랐다.
――하지만,
"우오오오오오오오오오오오오오오오오오오오오오오오오오오!!""?!"
펀치의 충격파를 '월드 · 폴'이 붕괴시켰다. 나는 그대로 낙하해서――, 리키마루의 주먹을 분쇄했다.

"——컥?!"

리키마루의 가슴을 꿰뚫고 몸의 절반을 붕괴시켰다.

나는 그대로 땅에 격돌했다. '월드 · 폴'을 발동시킨 왼팔이 그대로 땅에 파묻혔다. 하지만 그 순간에 '인피니트 · 러버즈'의 한계가 와서 마술식이 붕괴했다.

——해치웠나?!

나는 어질어질한 머리로 일어서서 리키마루를 쳐다봤다.

리키마루는 믿을 수 없는 것을 보는 눈으로 반파된 자신의 몸을 내려다보고 있었다.

"뭐…… 야, 이거?"

그리고 발치에서 검은 액체가 스며 나왔다.

"이봐, 그만두는 것이다—— 이거, 무슨 농담이지……?"

걸쭉한 액체가 몸을 타고 올라와 리키마루의 몸을 땅속으로 끌어들였다.

"리키마루는 '스트렝스'의 마왕후보라구?! 왜 '러버즈' 따위한테 당해야만 하는 거냐?! 이런, 이런 건……."

리키마루의 몸이 땅으로 가라앉아 갔다.

"세이기…… 미안해——."

머리끝까지 잠기니 검은 늪도 땅에 빨려 들어가듯이 사라졌다.

——이겼다.

그렇게 안도했을 때였다.

발밑의 지면이 물결치기 시작했다.

"이건…… 무슨 일이?"지진과는 다른 기묘한 진동. 딱 내가

'월드 · 폴'로 구멍을 뚫은 부분을 중심으로 풀이 뒤틀려 소용돌이치기 시작했다.
이건, 설마――?
'월드 · 폴'이 하천 부지를 붕괴시키려 하는 건가?
등골이 오싹했다.
――아니, 설마. 방대한 마력을 필요로 하는 탁상공론 같은 마법일 텐데.
그걸 억지로 쓴다고 해도 붕괴시키는 범위는 좁다.
그러니 내 팔이 닿은 범위를 붕괴시키는 게 고작일 것이다.
그럴 터인데――?!
몸이 아래로 뚝 떨어진다.
지면이 몇 미터 가라앉았다. 그리고 사방으로 땅이 갈라졌다.
"유, 유우토?!"
"잠깐만?! 뭐냐 멍?!"
네이트와 폴란의 비명이 들렸다.
균열은 더욱 넓어져 리키마루가 파괴한 다리의 교각도 땅으로 가라앉기 시작했다.
강물은 소용돌이치며 움푹 패인 곳으로 흘러들었다.
그리고 제방이 소리를 내며 무너져 내렸다.
"아르카나! 대체 무슨 일이 일어나고 있는 거야."
'해석――「월드 · 폴」이 폭주. 효과가 연쇄반응을 일으키고 있습니다. 붕괴가 확대 중."
"……아니."

큰일이다.

어떻게든 멈춰야 한다!!

"이 붕괴는 대체 어디까지 퍼지는 거야?!"

'마력의 감쇠와 연쇄반응이 상쇄되는 것은 행성 표면의 80% 정도로 예측.'

"……뭐어?!"

행성?!

마을 하나가 궤멸하는 수준의 소동이 아니다.

"멈추는 방법은?!"

'불명.'

"무슨…… 그런…… 말도 안 되는 일이?!"

'월드 · 폴'이 진짜로 세상을 붕괴시킨다고?!

이게── 미해결 마술식인가.

지금까지는 잘 썼다. 모든 것을 해명해서 자유자재로 쓸 수 있을 줄 알았다.

──어설펐다.

모든 내용을 해명하지 못했다.

대량의 마력을 사용했을 때에는 동작 조건이 달라서 결과가 달라진다. 불안정하고 폭주하기 쉬워져 마력을 소비하지 않아도 효과가 퍼진다.

이러고 있는 동안에도 연쇄반응은 한없이 이어지고 있다.

회오리 같은 돌풍이 휘몰아쳐 하늘에는 구름이 소용돌이치고 있었다.

이렇게 세상이 끝장나 버리는 건가?
나 때문에──.
나는, 무슨 짓을──.
나는 절망에 빠져 붕괴가 퍼져가는 것을 바라봤다.
"……?"
제방 너머에는 주택지가 펼쳐져 있다. 하지만 무너진 집은 한 채도 없었다.
멀리 내다보니, 딱 제방을 경계로 붕괴가 막혀있었다.
이상하다.
아까 전의 기세라면 마을은 이미 휘말려 있어야 하는데──.
"정말이지…… 이봐, 장난이 너무 지나친데? 유우토."
──어?
어느 틈엔가 내 등 뒤에 키 큰 남자가 서 있었다.
아무렇게나 자란 수염에 졸린 듯한 눈을 한 꽃중년.
거칠게 부는 바람에 군복풍 옷을 휘날리며 얄궂은 웃음을 띠고 있었다.
"……간도, 교장 선생님."
"뭐, 그 정도가 장래성이 있지만!"
그렇게 말하고 손을 앞으로 내밀더니 보이지 않는 무언가를 잡는 듯한 동작을 취했다.
그러자 '월드 · 폴'의 범위가 밀려들어 가듯이 좁아져 갔다.
"이건, 교장 선생님이……?"
"하하하, 이래봬도 '스트렝스'의 마왕 후보였으니까!"

"'스트렝스'의……."
하지만 리키마루는 이런 일은 하지 못했다. 그 녀석의 힘도 대단했지만, 지금 교장이 하고 있는 일은 차원이 다르다.
교장은 연민에 찬 눈빛으로 리키마루가 검은 늪에 잠긴 부근을 바라봤다.
"리키마루도 바보지만 귀여운 녀석이었는데 말이야……."
하지만——,
"'스트렝스' 아르카나의 힘을 전혀 끌어내지 못했어. 지는 게 당연하지."
태도가 확 변해 차갑게 잘라내 버리는 듯한 말투에 가슴 속이 차가워졌다.
날카로운 시선이 나를 쳐다봤다.
"알겠나? 마왕의 아르카나는 그걸 가진 자에 따라서 가치가 변해. 중요한 것은 어떻게 아르카나와 마주하고, 아르카나와 자기 자신 속에 잠든 가치를 이끌어내느냐다.
"가치를…… 이끌어내는 것."
레이나가 가르쳐준 검의 가치를 이끌어내는 이야기를 떠올렸다.
"리키마루는 차거나 때리는 등의 에너지가 전부라고 믿고 있었다. 하지만 '스트렝스'의 능력은 그런 게 아냐. 이 세상에 존재하는 모든 힘을 조종하는 게 가능하지. 이렇게 물질의 소립자 사이에 작용하는 힘을 조작하면——."
그리고 교장은 움켜쥔 주먹을 휘두르듯이 하늘로 쳐올렸다.
그 순간에 '월드 · 폴'의 효과가 전부 사라졌다.

바람은 멎고 지면의 흔들림도 멎었다.

그 모습은 이 세상의 모든 것을 지휘하는 지휘자처럼 느껴졌다.

"——'스트렝스'는 무적이다."

마왕, 간도 바르바토스는 히죽 웃었다.

"하지만 그 말은 모든 아르카나에 대해서도 할 수 있지. 결국엔 어떻게 쓰느냐, 그리고 상성이다. 하지만 지금까지 도무지 어찌할 도리가 없었던 아르카나가 있다."

"……'러버즈'."

"그래. 하지만 그건 아직 아무도 발굴하지 못한 보물이 묻혀 있다는 뜻이기도 하지."

"보물……."

"인간인 모리오카 유우토가 그걸 찾을 수 있을까?"

현 마왕이자 마왕학원의 교장.

가벼운 분위기로 항상 장난스럽게 애니메이션 이야기만 한다.

하지만 정말로 그럴까?

이 사람은 자연스러우면서도 꾸미지 않은 듯하면서도, 그런 모습 전부가 진짜가 아닌 것처럼 느껴졌다. 얄팍한 표면을 젖히면, 그 안쪽에는 무서운 심연이 입을 벌리고 있지 않을까 하는, 그런 느낌이 들었다.

그리고 지금 처음으로 실력의 일부분을 봤다.

무슨 수를 써도 이길 수 있을 것 같지가 않았다. 내가 지금까지 본 마족 중에서 누구보다도 강하다.

"……교장 선생님은, 왜 마왕 대전을 시작하려고 했나요?"

"뭐?"

"은퇴하기에는 너무 이르지 않나요. 힘도…… 옛날 교장은 모르지만, 지금도 최강급인 건 틀림없어요. 그런데 왜?"

"아~……."

교장은 얼굴을 찡그리고 고개를 비스듬히 기울였다.

"……마왕 대전을 열면 어째서인지 그 세대에 강한 마족이 나타나."

"강한, 마족?"

"단순히 의욕이 생겨서인지 마왕 대전을 위해 단련해서인지 그 이유는 모르겠지만, 아무튼 통계적으로 그래."

"그래서…… 왜 강한 마족이 필요한가요?"

교장은 갑자기 불량소년처럼 웃음을 지었다.

"난 내 적수를 원해. 그것도 엄청나게 강한 녀석으로 말이야."

마왕학원의
반역자

Epilogue

'월드 · 폴' 소동으로 각자의 싸움도 휴전상태가 되었다.

그리고 리키마루가 패배했다는 것을 알자,

"이럴 수가……."

이시와리 프롤이 미야비와 싸울 대의명분이 사라졌다.

"여기까지네, 프롤."

"그런 건…… 상관없어! 나는, 널 두들겨 팰 수 있으면——."

미야비와 치열한 싸움을 펼쳤을 것이다. 온몸이 멍투성이였고 어깨로 숨을 쉬고 있었다.

"그러면 마왕 대전이 아니라 그냥 싸움이잖아. 난 그런 건 사절이야."

미야비도 꽤나 당했는지 유카타는 너덜너덜했고 생긴 지 얼마 안 된 상처가 가득했다.

한편, 레이나는——,

이쪽도 유카타가 꽤나 찢어져 있지만 큰 상처는 없는 듯했다.

말을 들어보니, 하치마키 토우고도 니혼도 소디아도 철수했다고 한다. 게다가 대부분의 '스트렝스'의 카드도 쓰러뜨렸다고 한다. 내 동생이지만 무섭다고 해야 할까, 믿음직하다고 해야 할까.

"남은 건 선배인가……."

세이기와 일대일 승부를 하던 선배가 아직 돌아오지 않았다.

"선배라서 괜찮을 것 같긴 한데……."

그러자 네이트가,

"내가 찾으러 갔다 올게. 폴란이 냄새를 기억하고 있으니까."

그렇게 말해주었다. 부탁하려고 한 그 순간――,

폭발음이 울리고 하천 부지에 연기가 피어올랐다.

그 연기 너머에는 리키마루와 꼭 닮은 소녀. 기사 같은 옷을 입고 검을 손에 쥐고 있었다.

"……세이기."

'저스티스'의 마왕 후보, 산노 세이기가 홀로 돌아왔다.

설마, 리제르 선배가…… 아니! 그런 일이 일어날 리가 없어! 바보 같은 생각 하지 마!!

세이기의 얼굴에는 승리의 미소는 없었고 초조함이 가득했다.

"누…… 누님…… 누님은 어딨지?"

어깨로 들썩이며 숨을 쉬면서 불안에 찬 목소리로 중얼거렸다.

"누님의 마력을 느낄 수 없게 되었다…… 어떻게 된 거지? 철수한 건가?"

험악한 얼굴로 프롤을 노려봤다.

"어이, 이시와리 프롤. 누님은 어디로 갔지?"

프롤은 시선을 떨구고 분한 듯이 중얼거렸다.

"리키마루 님은…… '러버즈'의 모리오카 유우토에게, 패배하였습니다……."

눈알이 튀어나올 정도로 세이기의 눈이 크게 뜨였다.

"거짓말이다……."

"저도 믿어지지 않습니다. 하지만……."

"거짓말이다. 그런 일은, 있을 수가 없다."

"리키마루 님은 마지막까지 당당하게……."

"거짓말하지 마라아아아아아아아아아아아아아아아아아아아아!!"

세이기의 검이 프롤의 가슴을 갈랐다.

"프롤?!"

프롤이 소리도 지르지 못하고 그 자리에 쓰러졌다. 미야비가 달려가 몸을 안아 일으켰다.

하지만 세이기는 자신이 프롤을 베었다는 것을 알아차리지 못한 듯했다.

몽유병 환자처럼 불안정한 발걸음으로 비틀거리며 걸어왔다. 그리고 공허한 눈빛으로 나를 쳐다봤다.

"누님은 다음 마왕이 될 것이다…… 이런 곳에서, 하물며 네 놈 따위에게 진다는 건 있을 수 없는 일이다. 그래…… 있어서는 안 되지. 농담이 지나치잖아."

그 기분 나쁜 박력에 압도당했다.

누님이라면…… 리키마루를 말하는 거겠지. 리키마루에 대한 태도가 평소와 전혀 달라.

이 녀석, 사실은 리키마루를 좋아했나?

어리둥절한 나를 대신해 교장이 대답했다.

"산노 리키마루는 죽었다. 유우토에게 졌어."

"……!!"

세이기의 얼굴에서 표정이 사라졌다.

입술이 바르르 경련했다.
“……‘러버즈’.”
갑자기 세이기의 전신에서 마력과 살기가 뿜어져 나왔다.
귀신같은 무서운 얼굴로 나를 향해 발을 내디뎠다.
“죽인다, 죽인다, 죽인다, 죽인다죽인다죽인다죽인다죽인다죽인다죽인다죽인다죽인다죽인다죽인다죽인다죽인다죽인다!! 러버어어어어어어어어어어어어어어어어어어즈으으으으!!”
세이기는 검을 하늘로 들고 절규했다. 그리고──,
“‘식서스(666)’──.”
고유마법을 발동하려고 한 순간,
“큭?!”
화살이 검을 든 오른팔을 꿰뚫었다.
“──뭐.”
위팔에서 피가 뿜어져 나오고 있었다.
화살이 팔을 관통하여 땅에 박혔다.
저건 리제르 선배의 ‘큐피드’의 화살?! 그렇다는 건!
난 화살이 날아왔다고 생각되는 방향을 바라봤다.
하지만 어디에도 사람의 모습은 없었다.
세이기가 꽉 깨문 이가 빠득빠득 소리를 냈다.
“이 자식…… 히메가미 리제르…….”
세이기는 검을 왼손으로 바꿔 잡고, 나와 마찬가지로 화살이 날아온 방향을 바라봤다.
“!!”

무언가 빛났다── 고 생각했을 때에는 이미 화살이 세이기에게 도달해 있었다.

"으아앗!"세이기는 놀라운 반사 속도로 칼 옆면으로 화살을 막았다.

폭발이 일어났다.

"크아아아아아아아악?!"

화살이 대폭발을 일으키고 있었다.

나는 침을 꿀꺽 삼켰다. 저게 화살? 마치 미사일 같다.

쓰러진 세이기는 검에 의지해서 일어섰다.

"이 자식…… 비겁한 놈, 히메가미 리제──."

다시 한번 화살이 착탄.

맹렬한 폭풍이 세이기의 몸을 또다시 튕겨냈다.

고장난 인형처럼 땅을 굴렀다.

눈을 돌리고 싶어지는 참상을 보고 간도 교장은 즐거운 듯이 미소 지었다.

"어디서 쏘는지 모르고, 조준은 비길 데가 없을 정도로 정확. 화살의 속도가 너무 빨라 도망칠 수 없어. 설령 막아냈다고 해도 폭발하는 화살이라면 그것도 무의미하지. 여전히 좋네, 리제르 양."

세이기는 검에 매달리듯이 하여 일어섰다.

피투성이가 된 얼굴로 날 노려봤다. 그 두 눈동자에서 눈물이 끊임없이 흐르고 있었다.

"모리오카 유우토…… 네놈만은, 죽이고 가지 않으면! 연옥에서 누님을 볼 낯이 없다!!"

이를 꽉 깨물고 울면서 몸을 질질 끌며 다가왔다.

"……세이기."

하지만 그때, 리제르 선배의 무정한 화살이 날아왔다.

선배가 빗맞힐 리가 없다.

이번에야말로──,

세이기에게 안식을 줄 화살이 날아왔다.

몸을 꿰뚫어서, 목숨을 끊어서, 마왕 대전에서의 퇴장을 확정 짓는다.

그 화살이 세이기의 머리에 박히기── 직전,

화살이 사라졌다.

공기를 찢는 소리와 함께.

어디로──,

"우후후, 여전히 위험한 공격법이에요. 하지만 마무리는 머리에 한 발. 전 다 알고 있죠."

어느 틈에 나타났는지 검은 본디지에 몸을 감싼 요염한 사람이 있었다.

──'행드맨' 하야치네 요타카.

그 손에는 채찍이 있었다. 그 채찍에 리제르 선배의 화살이 감겨있었다.

설마…… 저 채찍으로 날아오는 화살을 잡은 건가?!

"그리고 보이지 않는 곳에서 쏠 때는 반드시 눈을 띄워두고 있겠죠."

요타카는 화살을 버리고 채찍을 바로 위를 향해 휘둘렀다.

어두운 하늘에서 날카로운 파열음이 울렸다. 그리고 녹색 날개 같은 것이 팔랑거리며 떨어졌다.

그것은 두 동강이 난 나비 같았다.

이건…… 리제르 선배의 머리 장식?"

"방해자가 왔나 싶었더니…… 역시 너구나."

"리제르 선배!!"

공중에 리제르 선배의 모습이 나타나 잔디밭 위에 사뿐히 내려섰다.

그 모습을 보고 요타카는 미소 지었다.

"네. 산노 세이기가 얻은 정보로 마계의 해변을 덮쳤지만, 텅 비어있었어요. 그래서 지금까지 찾는 데 시간이 걸렸어요."

세이기는 땅에 무릎을 꿇고 아무 말 없이 고개를 숙이고 있었다.

저 상태라면 세이기는 더는 싸울 수 없을 것이다. 하야치네 요타카…… 어떤 힘을 가지고 있는지는 모르지만, 한 명뿐이라면——,

그렇게 생각했을 때, 요타카의 등 뒤에서 세 개의 그림자가 나타났다.

리제르 선배의 눈이 한층 더 날카로워졌다.

"방해하러 온 건 너뿐만이 아닌 것 같네……."

"정말. 사냥감을 독점하려고 한 거야? 그래놓고 당한 거면 어이가 없는데."

——'데스' 죠도가하마 로스트.

그 옆에 선 사람은 '휠 · 오브 · 포춘' 시모카즈마 린네.

반대편에는 '선' 산사 서머즈.

로스트는 간도 교장이 있다는 것을 알아차리고 시선을 힐끗 돌렸다.

"아이들끼리 얘기 중이니까 어른은 자리를 비워줄 수 없을까?"

"뭐~? 선생님은 따돌림당하는 건 좀 쓸쓸한데……."

동정해달라고 말하듯이 주눅 든 것처럼 중얼거렸다.

"빨리."

로스트가 차갑기 대하자 교장은 풀이 죽어서 등을 구부렸다. 그리고 등을 돌리더니 사라지듯이 모습을 감췄다.

"자…… 그럼 2라운드를 해볼까."

내 이마에 식은땀이 흘렀다.

이쪽은 이미 실컷 싸워서 상처를 입었고 피폐해져 있다.

상대편은 힘을 소모한 자는 세이기 뿐. 다른 네 명은 아마도 만전의 태세.

마왕 후보의 숫자만으로도 5대2.

무슨 수를 써도 당해낼 수 있을 리가 없다.

"하지만 그 전에—— 마지막 질문을 해둘까."

로스트는 문득 부드럽게 미소 짓더니 나에게 걸어왔다.

그리고 다른 녀석들에게 들리지 않는 목소리로 속삭였다.

"내 동료가 돼. 유우토."

"……로스트."

"둘이서 세상을 부수자. 썩은 세상을 파괴하고 다시 만드는 거야."

난 로스트와 아주 가까운 거리에서 서로 마주 봤다.

어째서인지 그 꼬임에 마음을 빼앗길 뻔했다.

아니, 꼬임에 끌린 게 아니다.

아마도 로스트와 함께 무언가를 한다는 점에 마음이 끌리는 것이다.

어째서?

어째서인지는 알 수 없다.

뭔가 굉장히 그립고 애틋한 마음이 가슴 속에서 날뛰고 있었다.

하지만——.

"그건 할 수 없어."

"어?"

로스트는 의외라는 표정을 지었다.

들은 말이 믿어지지 않는다는 것처럼.

"난 모두가 웃으면서 평화롭게 살 수 있는 세상을 만들고 싶어. 그러기 위해서 지금 있는 것을 전부 부수는 건 잘못되었다고 생각해. 그러니까…… 네 동료는 될 수 없어."

로스트는 한순간 분한 듯한 눈빛을 띠었다.

"……역시, 그 여자 때문인가."

"어?"

그 여자…… 라니?

로스트는 발길을 돌려 나에게서 멀어져 갔다.

하지만 멈춰 섰다.

뒤돌아봤다.
항상 온화하게 미소 짓고 있던 얼굴이 일그러져 있었다.
"괜찮겠어? 넌 여기서 죽을 거라고? 압도적인 전력 차야. 승산은 없어."
모두의 목숨이 달려있다.
내가 판단해도 되나? 그런 망설임도 있다. 그래도——.
"모두를 배신할 순 없어."
로스트의 표정이 굳었다.
"그래…… 그렇게 죽고 싶다면, 그것도 괜찮나."
그리고 빈정거리는 웃음을 띠었다.
"여긴 그에 어울리는 장소일지도 모르니 말이야."
——뭐라고?
"로스트, 무슨 뜻이지?"
"이제 이야기는 끝났어."
로스트의 분위기가 바뀌었다.
그 몸에서 기분 나쁘고 꺼림칙한 마력이 넘쳐흘렀다.
"죽여줄게."
로스트가 감정 없는 목소리로 말했을 때——.
"이 몸의 허락도 없이 함부로 말하지 마라."
——어?
제방 쪽에서 걸어오는 그림자가 있었다. 밤에도 알아볼 수 있는 하얀 교복에 회색 머리칼.
"그 남자는 내가 죽이도록 되어 있다. 주제넘게 나서지 마라,

무례하다.”

“너…….”

그 녀석은 내 옆에 나란히 서더니 거만한 태도로 로스트 일행을 흘겨봤다.

“무릎 꿇어라, 천한 것들! 이 ‘월드’ 아스피테에게 말이다!!”

“아스피테! 너…….”

“네놈도 무례하다, 모리오카 유우토. 돌아오면 내가 있는 곳으로 오라고 전해뒀을 것이다.”

어?

“미안…… 아마, 엄마가 잊었을 거야.”

칫, 하고 혀를 차더니 싫은 기억이라도 떠올린 것처럼 얼굴을 찡그렸다.

“뭐, 됐다. 그보다 이걸로 3대5. 이 몸 혼자서 세 명에 필적할 것이다. 즉, 호각이라는 것이다.”

성격은 여전하지만 든든하다.

“――그럼, 날 넣으면 웃돌게 되네?”

“……루키?!”

세일러복을 입은 미소녀…… 아니, 소년이 손을 흔들면서 다가왔다.

내 곁에 오더니 원망스럽다는 듯이 볼을 부풀렸다.

“정말~ 너무해, 유우토. 나 계속 하와이에서 기다렸다구.”

“아…… 미, 미안.”

아니, 약속 같은 건 안 했었지?

"근데 괜찮아? 루키."
그렇게 물어보니 기분이 풀린 것처럼 빙긋 미소 지었다.
"응. 그도 그럴 게 나랑 유우토는 특별한 사이잖아♥"
……표현이.
"이걸로 4대5. 그리고 리제르 선배도 있어. 충분히 싸울 수 있어."
"……."
로스트가 한 곳을 쳐다보며 굳어 있었다.
무슨 일이지?
그 시선을 좇아가니──.
네이트?
아니,
네이트가 안고 있는 폴란도 눈을 휘둥그레 뜨고 있었다.
작은 입이 떨리면서 열렸다.
"살아…… 있었나멍……?"
──뭐?
나도 모르게 로스트에게 시선을 돌렸다.
로스트는 항상 후드를 뒤집어쓰고 있다.
그 후드를 벗은 모습은 본 적이 없다.
로스트의 미간이 찌푸려졌고, 거기로 땀이 흘러내렸다.
"……폴란, 이냐?"
어떻게 이름을.
로스트, 너── 설마,
폴란의 눈에서 눈물이 흘러 떨어졌다.

"다행이다멍…… 로스트 오빠."

후기

기운이 있으면 뭐든지 할 수 있다! 쿠지 마사무네입니다!

신형 코로나 바이러스는 정말 지긋지긋하지만, 방역 대책을 루틴작업으로 행하면 필요 이상으로 두려워할 필요는 없습니다. 불특정 다수의 사람이 밀집하고 마스크를 쓰지 않고 지근거리에서 마구 이야기하는 장소는 피해야 할지도 모르겠지만——그에 비하면 서점은 얼마나 위험도가 낮습니까! 혼자서 즐길 수 있으니, 지금이야말로 독서의 즐거움이 재평가되어야 합니다!

이 후기를 쓰고 있는 때는 드디어 한여름이 되는 타이밍. 이번 편의 여행은 제가 여행가고 싶다는 욕망이 줄줄 새고 있네요. 다만, 미소녀 네 명과 함께 리조트에서 보내는 투어는 어디에도 없습니다. 여행회사의 업무 태만이라고 생각합니다. Go to 마계 캠페인을 지금 당장 기획해야 해요, 예요!그런 마계의 해변에서 만난 것은 '스트렝스' 리키마루와 '저스티스' 세이기(헷갈린다). 플롯 단계에서는 비교적 색깔이 연한 캐릭터였지만, 쓰는 사이에 점점 깊이 있고 재미있는 캐릭터로 변모해버렸습니다. 커버 일러스트는 리키마루와 세이기로 해야 했던 게 아닌가? 하고 나중에 생각했을 정도입니다. 이번 커버에 등장한 새 캐릭터는 하야치네 요타카. 리제르 선배의 라이벌 같은 존재입니다. 노출도가 거의 제로인데 에로한 것이 대단합니다. 이번에는 그렇게까지 출연이 많지는 않지만, 앞으로의 활약에 기대해 주세요!

그리고 이번에는 누가 뭐라고 해도 네이트죠! 혹시…… '러버즈'에 대망의 새 카드가 참전하나?! 하지만 네이트도 마왕 후보이니 말이죠…… 안 되려나? 하지만, 어쩌면?! 과연 어떻게 될지는 읽으면서 기대해 주세요.

그리고 재미있었으면 꼭 SNS나 입소문으로 퍼뜨려주세요. 장기 시리즈로 만들기 위해서 네 힘이 꼭 필요하다!

그리고 이번 달은 '마왕학원의 반역자'가 한 권 더 나오는 것이다! 그것은 만화책 제1권!! 월간 드래곤 에이지에서 미조구치 젤라틴 선생님이 연재하고 있는 만화판이 기다리고 기다리던 만화책이 됩니다! 이쪽도 부디 잘 부탁드립니다!!

그러면 감사 인사를. 이번에는 진행하면서도 무리한 부탁을 해버렸습니다. 정말로 멋진 디자인과 일러스트 감사합니다! kakao 선생님!! 매번 그렇지만 이번에도 정말 최고입니다! 저도 불타오르네요!! 이 일러스트에 어울리는 이야기를 쓸 수 있도록 앞으로도 전력으로 열심히 하겠습니다!! 편집 나카다 씨. 그 외 출판에 힘써주신 모든 분. 항상 뜨거운 응원을 해주는 독자 여러분!! 정말 감사합니다!

그럼 제5권도, 최강을 무찔러라!!

쿠지 마사무네

마왕학원의 반역자 4 ~인류 최초의 마왕후보, 권속 소녀와 왕좌를 노린다~

2021년 6월 30일 1판 2쇄 발행

저　　자 쿠지 마사무네
일러스트 kakao
옮 긴 이 박정철
발 행 인 유재옥
본 부 장 조병권
담당편집 정영길
편 집 1 팀 이준환
편 집 2 팀 정영길, 조찬희, 박치우, 조현진
편 집 3 팀 오준영, 곽혜민
편 집 4 팀 성명신
미　　술 김보라, 서정원
라이츠담당 한주원
디 지 털 박상섭, 이성호, 최서윤
발 행 처 ㈜소미미디어
인쇄제작처 코리아피앤피
등　　록 제2015-000008호
주　　소 서울 마포구 토정로 222, 403호(신수동, 한국출판콘텐츠센터)
판　　매 ㈜소미미디어
마 케 팅 한민지, 이주희
물　　류 허석용
전　　화 편집부 (070)4164-3962, 3963 기획실 (02)567-3388
판매 및 마케팅 (070)4165-6888, Fax (02)322-7665

ISBN 979-11-6611-319-2 (04830)
ISBN 979-11-6507-977-2 (세트)